天心微光

李笠　著

獻給親愛的父母

輯一　生命流轉　007

輯二　行旅心事　079

輯一　生命流轉

祕密

路口有間古董店，是推開門走入外面世界的必經之路。

家的後面是棟棟相連的出租公寓。窗貼著窗，門栓卡得很緊。在不得不出門，像出入車庫、倒垃圾的時候，才難得的點個頭說聲「嗨」。

冷漠是這個公寓城共通的語言。租約到期，人走屋空，新房客到臨，誰捨得對隨時會離開的陌生人施予熱情？

再過去是畫廊、樂器店、洗衣店和有戶外雅座的咖啡室。神學院，耶穌基督人世間子民的靈魂駐紮地，擋在路的盡頭。大部分的足跡停落在咖啡室，入得靈魂駐紮地的，是身穿潔白高領、神情肅穆的學院學生和神父。

房東供應的洗衣設備擱置地下室，花上整日的時間，衣服仍是溼溼冷冷，烘不乾。房客埋怨多次，但房東並沒有修理或新購的打算。免費的，多說無用，就別多話了。

每星期，我必須抽出一天，將所有的髒衣污褲，拋落洗衣簍內，再拖拉摺疊架，徒步走去洗衣店。用三個二十五分錢銅板和一匙號稱不褪色的洗衣精，換取整簍衣物的清淨，四個二十五分錢銅板交換乾熱清爽，再重新開始另一簍生活的堆積。

洗衣店內百味雜陳，酸臭體味與香水和古龍水的氣味，在透明的空氣中彼此交融，像綁鎖在垃圾袋裡久存未棄，孕生了霉味，讓人窒息想吐。

洗衣的人們很明顯看得出是從東歐、南歐、北美，或地球上其他說得出、說不出名稱的地方來的，說話時帶著放錯位置的音符，重音前後擺錯，或許這也是公寓人不愛開口的原因。像我這般一臉黃色皮膚，只抬頭稍望，便已被歸類妥當。

彼此要溝通，只有你比我猜，靠默契了。

人與人，外國人與本地人之間，普通的招呼已被點頭取代。大多數的洗衣人，將衣服丟入洗衣機後，不是靜坐屋外冷觀來往行人，和時間比賽耐力，就是埋首報紙，陷在字的迷宮中。

我坐在桌旁，翻開辭海，尋找遺忘的字形。揮別母鄉日久，熟識的母字越益模糊難辨。似乎這裡該是撇勾，到底是三豎還是四橫。左兜右繞，拼湊出不存在的新字，無義可解。

一位打扮摩登的年輕女子，站在對面將她烘好的衣服，整籃攤倒出來。絲襪，有蕾絲邊的誘人內褲、胸衣和枕頭套，堆得如小山高。有些軟趴趴地壓住字典，擋住我與字群間的視線。

她無所謂地撿挑，手勢溫柔地摺放洗烘好的衣物。我穿越她的身軀，以能通曉前世今生的催眠師的想像，直搗過去幾日她生活的縮影。

當她的手指降落在一件深藍色三角形底褲時，她與她的男人在愛戀的床上相互磨蹭偎依的圖象在我腦海裡遽現。他的手環繞她雪白的頸項，溫柔的咬囓，留下狼吻的痕跡。我愣愣地揣摩她們相互間可能的交談和動作。

這是她必須到洗衣店的緣故之一，藉清洗衣物的過程，重溫男人殘留下暈黃黏漬的體味和那夜的纏綿。我抽出塞在背包裡的稿紙，快速寫下。

就如同曾經看過衣整光鮮的老女子，臉上淡淡化著粉妝，優雅地伸著指頭，慢條斯理地摺著一條已被磨損，內裡綿絮已在布邊徘徊的單被。

不能怪我的想像力又飛馳遙遠，她的氣質該是左擁右簇，像隻睥睨的彩鵲，而非親自端籃洗衣，和我們這群錢包緊縮的公寓客爭奪空槽的洗衣機。

依照她整疊的速度，時間必會不耐地在她耳旁吹氣打鼾。那條單被是宴後與愛人的枕巾，所以慢動作地吋吋搜尋。

她的容顏，化做橫豎點撇，留存在格子交接的紙張上，不時被加上黑墨與藍跡，拉長篇幅。

寫作者沉醉在天馬行空的詭異想像中，納入眼簾的人景事物，都能喚醒躺臥在神經裡的敏銳感應。這是寫作者賴以存活於現實社會，尚能偷嘗生命甘美最神奇的一部分。寫作者馳想時多，當紙與筆相觸，體內的芳香如久藏的美酒開了閘門，靈魂於焉附著肉體。

每個影子都有一個難以啟齒的故事，不得道與人知，只在眼光交錯時，稍微透露。

瑪麗安教我如此著手字與字的組合。

所以我帶著紙與筆，當髒衣與混水攪亂成團時，腳步交織的洗衣人，都在我的偷窺中，把他們的祕密幻化成文字，洩漏在我沙沙的筆尖。

等候洗衣的時間，我將偷來的祕密夾在腋下，溜步到隔壁的咖啡室。老闆給了我一個了解的微笑，不久後即將黑濃濃、冒著煙的咖啡和塗了鳳梨奶油起司的猶太貝果餅，盛在黃綠直條交錯的小碟裡，送到我坐的臨著開滿了鬱金香的花圃的木桌上。

隔桌的年輕男女頭貼著頭說悄悄話，我記上一筆，肯定是剛陷入愛河不久的戀人，他們臉上洋溢著快樂，對看的眼睛盈滿將對方的影像鏤刻在自己眼底的迫切，巴不得全世界的人都知道他們在談戀愛的羞澀神情，很像許久以前我初初戀愛時的癡傻。我已經離青澀的年紀很久遠了。他們的親暱讓我短暫地陶醉在往日舊情中，如浮游上升的荒煙。

後面坐著急急振書的年輕男子，散亂的頭髮下是件寬鬆的襯衫和牛仔褲，腳指間夾了雙黑色脫鞋，邋遢頹唐。這是第三次和他在早晨初醒的時辰相遇。前兩次他也是獨自坐在早風裡喝著咖啡，提筆寫字。他今天的臉上陰陰憂憂，帶有嚎啕的悲容，完全沒有印象中的平和。他桌上攤亂的紙張因春風的輕拂而掀起，地上也躺著數張寫滿了字的紙。

我手上的B2鉛筆，把他揚頭沉默的憂愁迅速抄畫在稿紙上，旁邊註寫著：祕密。

翻到前頁，準備繼續書寫洗衣店的男人、女人。手指突然僵直，想不出字的形狀。滿腹文思卻找不著字相配合，是寫作者的最懼。

歪著頭看他，仍在奮筆疾書著。該不會是他搶走我早晨時最豐富的寫作靈感，移轉至他的紙上吧？

我依他的穿著與行動遽下判斷，是個趕報告的學生，不然就是在寫愛情悔過書的失戀人。

其實，那是太過草率的遽論。

我在慌忙中失去了寫作者善於編織的敏感。

真寧願是我猜錯了。

曾有個早上，也在相同的位置喝著苦苦的咖啡，趕寫腦汁近乎擠乾的一篇小說。

瑪麗安從後面拍了我的肩膀，叫了我一聲：「Hi, what are you doing here? Can I join you?」

瑪麗安住在我隔壁棟，我們因為孩子們是好朋友，也學著孩子嘗試做朋友。

在我送他們到家裡玩了整天的孩子回去時，瑪麗安的攝影師丈夫說：「Mary Ann is not home

yet, if you want to, I will have her call you.」

晚上八點，能去哪裡？我好奇的問了句：「Where is she going?」

羅柏高高瘦瘦，戴了副金絲邊的眼鏡，文質彬彬的笑說：「She went to school, you know, study.」。他把最後那個study說得鏗鏘有聲，頗為得意。

上課？

羅柏讀懂了我臉上的疑惑，湊近我，小小聲地，就像孩提時不想讓別人聽到祕密那樣謹慎的說：「She went to Fontbonne for the poetry class.」

寫詩？我的音調略略提高，有點像失了神彈走音的樂手。

瑪麗安有個讓她自天明忙到暗晚的公司，還有需要照料的丈夫、孩子和老母。

寫詩？她的時間表應該排不進這等行程。

「Don't let her know that I tell you about this, she is really serious about writing poems.」臨走時，羅伯不忘再次叮嚀且神情凝重。

瑪麗安坐在對面，靦腆的笑著。她的臉圓圓大大的，像飽滿的月。身高五呎八，非常巨大的身架子，相對於傳統詩人纖細的印象，像是令人噴飯的惡作劇。

「所以，你是個詩人囉！」

緩緩緩緩的，我的聲音載滿疑問和驚奇，飄向她嘴角上揚、欲笑的臉龐。

大學時開始寫詩、讀詩。後來因為現實的緊迫，羅柏和我結婚時，身上的錢除了房租，就只夠買一張雙人床。他買了新型照相機，為了一紙結婚證書的承諾。剩下的錢則存在存款簿，希望日子的延續也能加長數字的長度。我寫詩的心，同時凋落在數字的增減掙扎之中。

她的眼睫毛粗黑捲長，微啟的兩片粉唇，細細詠讀昨夜才寫就的詩。

我的筆尖不安分，在紙上畫了她臉頰的輪廓，覺得她的眼瞳上方是永不斷裂的龍鬚糖，稠稠黏黏。

想及此，筆在紙上斜畫了出軌的線條，我連忙收筆，趁勢掩嘴藏起才撇開的笑。

「It's a sad story, don't you think so?」

她的語氣停頓，聽不出慍色。

詩裡寫的是她驟逝的好友，久未謀面卻來不及道最後一聲再會。

「同情呀，當然同情。」我悠悠的說。

不過，生命不就是這樣，上頭想收回，也不會問你同不同意的，看祂高興囉！我把眼眉挑到路的盡頭，嫣翠葉林隴圍的殿堂。

瑪麗安朝著正好響起的教堂鐘聲縱聲狂笑。我尾隨著，把龍鬚糖的餘味抽出來狠狠大嚼。

出門帶本本子，隨時記下靈光乍現的隻字片語，設想走過的人都有個說不透的故事，尤其是眼神溜轉的曖昧。會這樣用多角度揣摩，和與瑪麗安的那幾次對談有深切的關聯。

滿身頹唐的男子在續了五杯咖啡之後（無法控制的偷窺慾望，也是寫作者專屬的癖好），後推座椅，把桌上的紙張、書本胡亂塞在黑藍色背包裡，起身，鬆綁腳踏車鍊條，跨上車座（姿勢瀟灑，有「我欲乘風歸去」的浪漫離愁），微駝的背影懷抱著一疊心事，漸行漸遠，終而自我的睛瞳中消失。

磚面地上仍留有幾張他飄落的紙，從我的位子望去，男子遺留的影像仍寫著字，我若彎腰，不需費多大力氣，即能輕易解開紙上字句的祕密，組合寫作的段落。

窺伺是寫作者的癖好，但是在光天化日之下，堂然撿拾不屬於自己的篇章，有褻瀆文字之嫌，尤其是還有他人在座，不遠處有個為人類贖罪而被釘吊在十字架上的人，兩手捧著聖典盯視，恍若正在指責：你有罪。

我決定讓男子走。

憑藉草繪素描，男子深藏的心事，像浮雕一般，在筆尖觸紙的瞬間，毫不保留地點點展現，以我的想像。

風箏越飛越遠，跑線了，在隱沒於空中的剎那，一篇小說的錯綜複雜業已勾勒完成。

洗衣三十分鐘，烘乾四十分鐘。七十分鐘是數字，是一篇小說主要情節發生的過程。七十分鐘過後是靈感的終結，也是寫作者身分的結束。咖啡不再續杯，搖手對老闆說：「今天喝多了，改天吧。」

老闆瞎笑斜看我的稿紙，有畫有字，有解放的束縛與放縱的壓抑。咖啡室隨時充斥著稀奇古怪的打扮和神經兮兮的面孔，他早就習慣了。

往回走去洗衣店。早晨初醒的安寧，已被人世間的聲響打破：上學的孩子、推嬰兒車去公園的婦人、抖手抖腳慢步的老人、深藍色印有「ＢＦＩ」的垃圾車，和一群聒噪卻趕也趕不走的烏鴉。

洗衣店裡添了些新臉孔。我把衣物自旋轉盤取出，塞入洗衣簍內，快速地掩埋簍蓋，放在摺疊架上往門外推。

我故意停在門口，朝室內覷望，不知道有沒有人把我這七十分鐘以來的所有寫在字句裡。渴望有人說聲再見，即使哼吭一聲也好，但什麼都沒聽見，點頭似乎已經算是最好的招呼。原來吝嗇也可以適用在語言上呀！寂寥孤獨陡上心頭，真想拉著一個人大聲說說話，閒聊幾句也好，只要給我一點聲音，一點人聲，一點可以私語或爭吵的聲音。

舞蹈室裡，小小孩搖頭擺手地跟著音樂踢踢踏踏。音樂店裡練鋼琴的聲音生硬而死板，鐵定是初學的人所彈。古董店的玻璃窗內，擺著泛黃老舊的瓷器與肖像。叮噹叮噹，門牆上的風鈴響起，有人推門入內，在門將闔閉的瞬間，腐銹的餿味排山倒海衝鼻而來。

回走的腳印如河流的歸處，緩慢前移。寫作者七十分鐘的祕密，露宿在一個早春的薄霧中。

摺疊車輪偶爾發出嘰嘰乖乖的聲響，控訴該是上油的時候，而高遠處有隻風箏，縹縹飛浮。草地上留有一截斷線……

再生

黃昏的時候，坐在湖邊，看野鴨成群結隊地浮游水面。

寬闊湖面偶爾吹來一陣專屬夏熱的溼風，小湖頓時掀起陣陣漣漪，將鴨群送至木板搭起的棚架下方，借一方遮蔭，躲避夏熱的侵襲。

釣魚的老少，拋竿入湖，待浮標穩穩站立，或立或坐，靜心等待另一場爭奪的到來。豔陽高掛，頑皮的孩子拿起帽子和水槍，沿湖奔跑，相互噴射，玩一場夏季裡清涼的遊戲。

後面追趕的是心急切切的父母，嚷喊著：「小心！小心！不要跌到湖裡去。」寂靜的天空和孩童的天真紛嚷，交織成一幕聒噪的動畫。

小孩和大人的影子，在遠處熱風和冷空氣交接的混濁朦朧地帶，形成模糊失焦的重疊影像，像是一幅色彩過濃的油畫，溫厚中夾雜著煩躁與焦慮。

我撕碎一片片儲存在冰箱多日的土司，將之丟入湖中，嗅覺敏銳的鴨群紛紛自棚蔭划出搶食。

食者眾，不敷均用，鴨群裡比較兇悍的，ㄚㄚ怒叫，振翅趨走弱勢的野鴨，獨自啄食。

漸漸的，鴨群遠散，擴向四周，搶食得逞的在湖中形成圓心，不滿足地抗議我不再丟給牠們吃，卻遠遠拋向實已遠離的弱鴨。

終於，滿滿一條土司只剩下麵包屑，我把它們全灑向湖裡，湖水很快地將它們融合化軟。不得食，鴨群ㄚㄚ游離我處，航向湖的另一邊，新到的供食者。爭食、趕離的戲碼再次重演。

汗漓漓順著頸項流入我的衣衫內，沾溼業已渾熱的身軀。起步走向釣竿群起、喧譁遍野的岸邊。

爸爸模樣的男人耐心的教著旁邊站立的小男孩，如何取下鉤上掙扎的小魚。

男人不厭其煩，步步解說，取下了想必是怕極了的魚兒。魚兒在小男孩的手掌中翻越，亟欲跳回屬於牠的水域。男孩臉上的表情複雜，先是喜悅興奮，繼而踟躕。

身邊的友伴稱讚他能幹，要他再試釣，媽媽模樣的女人也一直稱讚他了不起，第一次出手就有如此成績，實在不簡單。

承受讚美的小男孩低頭俯看，掌裡的魚兒恐怕是跳累了，彈起的力量漸漸緩慢，終而平躺在小男孩的小小掌心，不動無息，一副任人宰割的樣子。

小男孩哇哇大哭，旁人不知所以，急忙圍攏詢問。

猜到心事的媽媽將他擁入懷中，輕聲安慰著。

女人牽著小男孩的手走向樹叢裡，拿挖沙土的玩具鋤鏟，在土裡深深挖出一個洞穴，小男孩兩隻手捧著死魚兒，慎重地將牠埋入。

他把泥土敷平，上面插了一朵野花，口裡止不住的抱歉：「對不起，希望你在天國平安，沒有人會把你釣起。」兩隻手不停地往臉上擦拭著。

垂釣者繼續垂釣，奔跑遊玩者繼續奔跑遊玩。湖面陸續游來飛走野鴨和鵝隻。人來人往，黃昏的湖邊是永不停歇的膠卷底片，固執地反覆上演。

哭倦的小男孩忘記先前的悲傷，加入奔馳的行列。男人、女人忙著收魚入籠和追趕孩子。

我把所有目光聚焦在小男孩的奔跑、歡樂與哭泣上。所有的過往，歡樂與不悅，以衝浪之姿，澎湃喧嚷，像是約好了一般，趕在同一時間前來赴會。

人是種可以選擇記憶的生物，面對纏繞繁瑣的生長枝條，可以面不改色，揮刀斬卻不喜的部分，繼續呼吸與存活。

這該是種悲哀，還是種福分？

門前的一棵大樹，擋住窗外的風景和視線，也遮住了大半面的天空。興起將它砍伐的念頭，是在一個嘩嘩下著大雨的清晨。

雨聲喧譁，車聲、人聲和鳥鳴聲像是突然學會隱形似的，頓時消失在尋常的軌跡中，這時通常是聲聲入耳，明朗的一日之始。

那日的心情稍有沮喪，每月的「例行」遲延，七、八日過去，驗孕器仍沒有正面的反應。大雨初降，淹溼前後院的草地。大樹隨雨飄搖，嘩嘩奏起沉鬱之聲。雨葉凝重，擋住大片來自上天的白光。心裡為之一墜。因而決定砍去擾人的樹枝。

粗厚的樹幹，需要兩人手攜手方能合圍，棕色的樹皮內是帶有蒼白的黃。被刀剖開的樹枝相連的部分，留有深刻的刀痕，讓人觸目驚心。

樹齡二十八，是前任屋主在交屋時說的，他們很喜歡這棵粗厚的橡樹，他們的六個子女都曾在這棵大樹的樹蔭下玩耍嬉戲，留下許多難忘的回憶，而這是他們終老最甜美的記憶。

樹幹上三個被刀深剖的刀痕，一星期過後，漸漸的被陽光曬成淺淺的褐色，風吹雨淋，磨平些許初初動刀的鮮明傷痕。天空稍有清明，然而仍然無法將天空全覽入目。

燥鬱的情緒隨日子的推移逐漸消散，等待多時的「例行」終於來了。期待應是件快樂的事，然而心理上的排斥，卻連一點點空隙都無法騰匀容讓。

是刻意的惡質對待，堵住可能有的一絲絲希望吧！我對雨後冒著水氣的空氣說：「如此就好。」

雨後多時，陽光普照。烈焰驅趕陰霾，我突然對那棵樹感到歉疚。

生活裡的平常是最大的容量，沒有期望，就沒有失望。我換以閒淡的心，拂風品月，嘗飲日子中既有的所有。

兩個孩子在草皮上拿著水槍噴射追逐，說是仿效電影情節，幻想自己是世界遭逢悲慘時唯二的解救英雄，尋找恐龍蛋的巢穴，準備群掃消滅，保護地球人的生命。

乍聽之下，覺得孩子的話充滿吊詭的辯白，卻又不得不承認他們生存奮鬥的觀念。

是非黑白，仁愛和平與罪罰爭強，在他們這一個富裕康足，向來張口都能得到滿足的年代，像是傳統裡早已生鏽的古董，無法全然明白之間的差異。

逐月成長，隨年茁壯。過去的年月只能在相簿裡密密麻麻的照片中，喚起他們嬰兒及幼年的記憶，當時的生活點滴也鑽洞入縫地在幾已忘卻的庸庸日子裡重現往日的片斷。

回想是種甜美的的反芻，日日月月，年過歲來。以日月星移換取生命的成長、換取身體的茁壯。

很久以前，記不精確是多大年紀的時候，很不喜歡父母用兩眼盯著我瞧看的神情，常常問他們在看什麼？目不轉睛的，是不是我身上多長了一隻手，還是多長了一隻腳？你們看人的眼睛好奇怪，好像我是個陌生人，要把人家從頭到腳看清似的。

弟弟們也相繼的問父母同樣的問題，也向我詢問過父母的怪異舉止。父母臉龐含笑，好似沒那回事的顧左右而言他，倒反而像是我們太過多疑多慮。

好笑的是，我現在也正用相似的心情與表情去看待逐漸脫離稚嫩，懂得用言語和身體表示異議的孩子們。

當他們抬頭轉身、跳躍說話，或是發脾氣，跺腳衝回房間時，他們小時候，自嬰兒期開始，第一次發聲、起坐走路，第一天上學的種種，馬上就在腦海裡浮現。

想著想著，我也開展當年父母看我時含笑的模樣，讓記憶重溫，換來孩子們詢問的話語。

這也是另一種記憶的再生吧！

記憶是死去生命的堆積，無論有心埋藏或是刻意儲存，記憶其實是很奸險的躲在暗處，默默看你成長，默默看你被歲月摧磨，默默看你走來的直路彎道。

在以為已經把記憶拋在腦後時，它總以不請自來的身姿，站在你身前，讓你看清自己所有過去的歡榮和卑賤。

死與生，在世人和宗教者的口中，是充滿著著問號的謎題。

大自然能有多大，人的壽命又能有多長？渺渺雲漢是想像的極致和追崇的極端。生與死，能有多長的分界？

科學界追尋無限的宇宙，又在何處終止？

悲觀，是因為有知無法解以無知。

樂觀，是因為有知已探得無知的毫毛。

腳踏土地，吞吐空氣裡的清澈與混濁，或許不應堅持執著，換以適閒，冷看這個日漸污濁的球體。

那是深夜夢迴，外婆停在大堂的冷棺和祖父骨灰縮身的罈甕對照得來的灰冷。

一個生命的逝去，剎時彈指。

記得還窩在她被窩裡談天，記得還坐在他床沿說話，然後，歲月的鏡子一轉，即成背對相向。該用怎樣坦然的心情來和生命說愛，該用怎樣的言詞來和生命談情？

這世界充滿太多的不可預知，只有以不知明日是何日的惶恐，將全部的關心和愛慕，傾注以往，濃濃烈烈，如燒焦的糖汁，焚熱的付出、焚熱的愛。

兩個孩子在同一間醫院出生。當醫生的大手深深探入我的體內，造成痙攣疼痛，隨之而來的是椎心刺骨的陣痛，昏眩中，我仔細記下生命初發所承載的痛楚。

自母體脫離時，母親與孩子各自承受不同程度及方式的疼痛，意謂著自此之後，將面對種種人生疼痛忍受程度的試煉。

悲歡離合，愛慾癡癲，乃至傷心思念與愁恨，落地時的哇哇大哭，是否也是一種脫離束縛的解脫之嚎？

一歲一年，嬰兒時期抱在懷裡的奶孕味也隨日子飄遠飄散。每當攬他們入懷或是身經走過，彷彿還隱約嗅聞到熟悉的味道。但鼻子敏感的試圖再聞，卻再也捕捉不著。是懷想，是珍惜，卻又不得不讓它走遠的離別難捨。

鴨子和鵝群三三兩兩地走在湖邊草地，更大的一群在水面懶游，享受陽光的照拂。小男孩腳步瑣碎地追在跑遠的大男孩身後，口裡嚷嚷著聽不清楚的喊叫。

我坐在湖邊以木搭起的涼亭，拿記憶的針線，細細縫起初來時的景象。

初學釣魚的男孩、烈日、爭相搶食的鴨與鵝，還有那個哭泣與埋葬的畫面。

我撲撲身上的灰塵，起身，遙尋兩個男孩的身影。

在一棵綠蔭叢叢的大樹下，有一群孩童正在嬉戲，其中有個脫掉鞋子、嘗試爬樹的大男孩，是我初為人母的結晶，現在他已不讓我摟入懷中親吻。另一個仰起小臉、拿著樹枝往天空指指點點的，是還能讓我摟摟抱抱的小乖。

腳步停在去路的途中，發覺自己已不是他們中間最重要的一個。其他孩子的母親或坐或立地遠遠的觀望著，她們的瞳仁裡有著和我一般模樣的神情，憐惜、擔心、滿足，和一種莫名的焦慮。

然後，天空繼續明亮清藍。

在孩子們遊玩和我站立的地方，彷彿有一條細細的線畫起，一邊是長大，一邊是老去；一邊是未來，一邊是記憶。

野鴨和鵝群，在湖面嚣嚣追逐，新到的餵食人灑下滿天的麵包屑，惹得群聲飛揚。想起手上還有半條土司，趕忙將之撕裂丟灑。

茫然中，在一群回游至我處的鴨鵝和孩子嬉鬧聲中，似乎遇見年邁的我，坐在豔陽的涼亭裡，觀看業已成長的孩子和他們的妻子共同垂釣，他們的孩子正在湖的另一邊追逐著。

我與孩子們，和孩子的孩子們，相遇在某年夏日大雨後的鴨棚旁，我們以微笑感謝生命再生所賜予的無限歡樂！

水魅

一

在一個潮溼悶熱、呼吸沉重的白日，我躺在草地上看雲。雲朵結群，形狀萬千，有兔子與大象、狗兒與貓咪，也有紫羅蘭和秋葵。

墊高腳尖、挺直身子，我以極度伸展的力量拉舉手臂，幻想能否攀住雲角，遨颺於無邊無際的穹蒼。

幾番嘗試，擰亂了原本井然有序的天空。

或許，我的調皮觸了怒正安享寧靜的天神，突然之間，風湧雲佈，團團將我圍住。

水珠兒一點點、一串串，從天空急速聚集降落，瘋狂地往我處奔馳。

剎那間，我的心跳停止了。我想，我會被那片猛水吞沒。

四周靜悄悄地，唯有水聲轟轟。

一片片巨大水幕在眼前刷刷地往下俯衝，震耳欲聾。

沒多久，雨勢漸緩，幾株來不及垂落的雨樹，止以攀掛於藤蔓的葡萄姿態，晶瑩飽滿地懸在屋角。

而後，感覺口渴，舌頭直舔兩唇。

仰首望看，赤炎豔日不知何時已高高掛在天空，它的熱度把曾有的溼潤蒸發殆盡。

口渴！實在口渴！

我忍不住用手擦拭已渴得受不了的嘴，而我的唇皮乾裂至極，如凌空的雪花，正片片脫落。

另一種驚慌又將我掠奪。

熾熱烈陽面無表情，一層層剝掉我的皮膜、我的髮毛。

腳底想跑，卻又被黏住瓦片縫裡，有誰看到我？有誰知道我的害怕？水呢？大水呢？請在我被淹滅前，把我救出！

是的，我在做夢。

夢裡夢外，冷汗和熱氣輪番在體內滾動。水獸與陽怪，仍然抓攫我的心魂。

走進浴室，讓未著一物的身子，赤裸在水柱的嘩嘩聲中。

二

小時候住過的幾個地方，每有颱風來襲，必鬧水災。

曾有一次颱風大作，窗外樹倒草彎，呼呼風雨狂亂地打在屋頂和牆壁上。窗玻璃匡匡作響，屋子隨時會被掀翻。客廳裡，媽媽養來貼補家計的黃雛雞，啾啾啾的在鐵籠裡團團轉著。唯恐外面的大風大雨驚嚇到牠們，我小心翼翼地提起籠子，準備將牠們放到睡房。

鐵籠裡的小黃燈泡隨著我的小腳步，在黃雛雞的頂上搖搖晃晃，才幾步路的行程，卻讓我走得汗涔涔。

屋外風狂雨驟，我和弟弟們各自縮躲在從衣櫃拿出來的大抽屜裡，像保衛僅有的家產般，牢牢地抱著小枕頭、小被子和學校的書籍、作業本，等候風災雨患快快過去。

收音機裡不斷傳來電臺播報員急促的喉音，呼籲低地的住戶趕快遷離，搭救的人員和木筏已在趕往水患嚴重災區的途中。

日光燈閃了幾下，突然不亮了。接著就是停電、停水。

問媽媽，我們是不是會被困在屋裡很久很久，會不會被水龍帶走？故事書不是說水龍生氣了，才會把海裡的水灌到人間，製造人世間的災難？故事書不是也說，如果要平定水龍的怒氣，必須獻祭一個活生生的小女孩……

我將信將疑地問著已忙成一團混亂，且擔心著爸爸是否困在哪個角落的媽媽。她雙臂抱胸，直往窗外瞧，對我的疑惑也只有給句「不會啦，不會啦」的敷衍答案。

我深深相信媽媽的話，只要乖乖待在屋內，所有最壞的可能都不會發生，因為媽媽說過，不會的！

水退了。

屋前的溪流在連續大雨的那兩天極度高漲，把河底的污泥全潑到我家的地板上，結成厚厚一層泥濘。

院子裡，花癱了、曬衣架倒了，來不及救進屋內的雞隻全溺死在雞窩內。當我提著雞籠回到院子，面對滿目瘡痍，心中不免愁怨。

是誰把我和弟弟們辛苦搭起來的木房子推翻了，只剩下零零散散的幾條木板？

當時年紀小，對死亡並沒有太多的認知。那場大水，卻使我對生命的脆弱懂得憐憫、懂得害怕。

電視畫面不斷出現暴風雨侵襲時，無處躲藏，只有逃到屋頂任憑風颱吹打的人們的哀悽面孔。滿街零亂，盡是掉落的市招與電纜，得以逃生者卻得面對尋不得失落家人的悲戚。

為什麼我們必須毫無招架之力地面對災難的襲擊？當一幕幕水難的畫面經由電視、雜誌、廣播和網路映入眼簾，我的心就迅速回到孩提時的情境。

彷彿自己就是落入深水、高高舉起雙手待援，卻又被捲入大浪的孩子。

彷彿自己就是洪水決堤，家園全毀，獨自站在破壁殘骸中欲哭無淚的老者。

彷彿自己就是穿著破衣、流著鼻涕、哭著四處尋找親人的稚童。

三

我現在居住的地方，幾年前曾發生過數十年來最大的水患。

原本是往來城市載貨船隻的暢通水流，原本是休閒垂釣、賞景逐戲的潾潾河水，經過連日大雨滂沱，河床逐日低落，水位直直上升。

一個黑雨夜裡，怒水沖毀果園、房舍，吞滅築屋於河岸的流浪漢。水位持續高漲，大雨持續落降。

沙包、直昇機和救援人潮紛沓而至，卻仍無法接近水患中心，救出被大水困住的人，只能憂愁地遠遠觀望執意的大水，對它發出無奈的嘆息和不滿的抗議。

大水的臨界點就在離家不遠處。我緊緊的抱著幼兒，不知是說給自己聽還是說給他聽：「不會啦，不會啦！」

大水須臾即臨，家中的男主人不知是否在回家途中，抑或被困在何處。電視屢屢播報災情現況，打點好的旅行包躺在腳沿，該怎麼辦呢？

經過如許多年，空間更迭，水龍再犯，我竟也只能躲、只能逃！

之後的水難過處，斑駁難睹，令人觸目驚心。屋樑倒歪如碎木斷瓦，失蹤人數節節上升。哀痛者恆痛，收拾殘局，也徒呼奈何。

大水難後，每臨雨季，傳播媒體不忘將當年的慘景重覆播映，句句叮嚀逃生的方法和去處，以免疏忽又重蹈覆轍。

安靜數年的大水，悄悄潛近，像事先演練過一般，逐步驅逐乾地，不聲不響地浸淫路間的窪地和草澤渠道。

大雨大雨狂狂落！

地下道堵塞，排水道泥沙淤積，興風作亂的水龍，再次淹沒行道路，浪捲庭園，拉長、擴大牠的「轄區」，在地面形成一片片汪洋。

天上的水、海裡的浪，正以瘋狂的速度襲捲屋籬房舍，沖毀橋樑與行道路。交通中斷，水電全無。躲水的鄉人紛紛捨棄原以避風擋雨的溫暖的家，露宿他處。哭訴的哀容透過螢光幕，直怨：「為什麼？為什麼是我們？」果園垮了、菜園翻了、魚塭淹了，日子卻得繼續過下去。

轉過一道峽灣，大雨依舊瘋狂灑落。一棟棟民房，像骨牌似的，一推，接連傾倒。一個個兩頰凍紅的人們，站在已成泥沼的家園，不曉得究竟該怨誰、說誰。

一夜之間，全變了樣。原賴以維生的莊稼，俱付流水。田園和親人，曾經所有的所有，全被高高的天收回去了。

報紙圖片裡，無語問天、皺紋滿臉的老婆婆，溼紅我的雙眼。她哭訴年老痛失獨子，她哭訴家園既蕪，將來倚誰、靠誰。歲月載走青春，歲月奪走光華。老婆婆悲泣人間世之無常，她該是擁抱安詳的年歲，卻得面對風雨的無情，令人無限憐憫。

蔚藍海水滔滔滾滾，衝浪的人兒載沉載浮，看似將要滅頂，旋即飛浪沖天，歡聲連連。弄潮人的樂趣，就在那千鈞一髮之際的刺激裡。

站在海邊，我才恍悟，數十年來懼水的恐慌，依舊讓我只能離它遠望。既無法安心盡游，也無法相信它無波的背後沒有懾人的驚濤駭浪。

四

我又遊走於未完的夢境之中。

遠遠的天空旋揚濃烈的煙霧，好似大火焚燒。隨風吹拂，匆匆圍聚，又匆匆分散。

一陣陣踢踢踏踏的馬蹄聲，由遠而近，緩緩入耳，夾於其中的，是忽隱忽現的呻吟。

順著牆瓦，我沿著瓦崖小心攀爬，在屋頂中央的位置站立，舉起手，昂望並聆聽遠處的聲音與影像。

白霧前是排成直列的人形。雖然很努力的緊瞇雙眼、凝聚目光，仍舊看不清他們的臉孔與白霧後的身影。

越靠越近，終於看到他們酷似骷髏的骨架，在不遠處哭喊、跺腳。

是逃難的人？還是索命的鬼魅？

媽媽飼養的黃雛雞，隻隻相隨，從門裡慌亂跑出。

等等我！等等我！我的雞籠呢？

起風了，腳底的瓦片喀拉喀拉地嗚響著。一大片白色水幕突然擋在屋前。

大水轟轟迎面撲來，黃色的雛雞在水面載沉載浮。

大水將至，誰能給我一板木船？誰能給我一艘木抽屜？不要把我送給水龍。

嚶嚶哭啼，流水湍湍。

天上的水何其多，到底要流去何方？

擇夜飛行

一盞一盞，廊道上的燈，最後都被按熄了。夜黝暗。房間裡，只有床架的影子在閃動著。左右床的人都假裝睡著了。

從房門和地板之間的有限空隙中，可以看到有兩隻腳走了過去。夜更暗了。因為有人轉滅了房門外另一邊的燈。

房間裡靜不到幾秒鐘，有人開始講話。沙啞細碎的聲音壓在喉嚨底，除非睡在隔床，否則根本就聽不懂在說些什麼。

漸漸地，假寐的人，掀翻蓋在頭上、頸上的被子，說話的聲音和床架咯咯的響聲，讓整個房間突然像是活了起來。

直到夜深霜重，不曉得幾點鐘了，有人耐不住瞌睡蟲的糾纏，睡著了。大家又像得了傳染病似的，順序闔眼，通通睡了。

窗外的亮光，一點一點地搬進屋內來。

不是月亮，是太陽。

早晨，一天的開始。

揉揉眼睛，跳下床。每次都以為自己是最早起床的，沒想到，才打開房門，身後就有人急欲穿門而出，門外，也早已是「people mountain people sea」，人影幢幢。

還是高中生的時候，班上的同學相邀去探訪育幼院。坐公車轉公路局，行行復行行，一行人終於到達了目的地。

計劃許久，我們終於來了。

當腳踏實地，站在育幼院大門前時，我們這群髮不過耳的高中女生，心情突然沉重起來。之前在車上的嬉鬧與玩笑，遽然消逝。我們該如何面對那一張張已在門後咧嘴大笑的面孔，以及眼睛的盡頭處，那一張張沒有表情的臉龐？

院長和老師們笑容可掬地迎我們進入大門，幾個有經驗的同學早早拿出袋裡乾坤，小孩子蜂擁而上，他們大概也已懂得，這些來自門外的人，通常都帶了好東西給他們。

放眼望去，小孩子大約都在小學年紀，特別靈巧的，說話也特別好聽，嘴裡全是蜜糖。較生疏的也在遊戲過後，願意說上幾句。有些個頭比較大的，總是離得遠遠的，悄悄地拿眼角偷瞧著。好多次，發現他們游移的眼神，當向他們發出邀請的手勢時，他們轉頭就走。

豔陽普照，水泥地熱騰騰的，彷若有火焰在地下滾滾燃燒，汗溼透背，孩子們卻如不倒翁，各個體力充沛。

同學們看錶次數頻繁，面面相覷。

該說再見的時候，卻沒有人忍心啟口。

孩子們看出箇中蹊蹺，開口問道：「你們要走了，對不對？」臉上笑容如花，沒有一絲悲傷。害怕不堪離別負荷的竟非這群孤兒，反而是我們這些前來探視的大姊姊們。

大伙準備說再見，有的孩子咻地一下就鑽入屋子裡，有的依依不捨地揮手道別。有的，就像身後拉著我裙角的小女孩，不願讓我們輕易離開。

說盡安慰的話，小女孩仍舊固執地與我的衣裙拉扯。該將她的手揮開嗎？該如何做，我才能走向已等在育幼院門外的同學們，快快回家？

小女孩的臉上沒有眼淚，沒有特殊表情。我對她也沒有特別的印象，她只是與我們同玩的孩子群中的一員。我遲疑著，一陣陣的音波在腦際咂響，該如何脫身才好呢？計上心頭，隨口說了聲：「下次我還會再來！」

小女孩睜大眼睛看著我。

「真的？」她加強語氣，並伸出小指頭要和我打勾勾。

「真的？」她又問了一次。

我沒說話，只是頻頻點頭。

「你說的喔！」

我只好重重地再說一次「真的」。

小女孩的臉一直在門後目送著我們離去。直到走遠了，我都不敢回頭。同學們問起我的脫身之法。他們聽了之後，全怪我不該隨口答應會再來。不曉得有多少人都這麼和他們說過，卻不曾兌現。當偽言一再從不同的口中複誦，這群孩子還能保持對人的信賴嗎？

「你真的會再回來嗎？」

脫口而出，純為了脫身。承諾未曾折返，墜落塵土，滅絕在土壤的擠壓與暗夜的吞噬中。以後，我從沒再回去過。

那句善意的欺騙如影相隨，小女孩當年細小的身影常常模模糊糊地出現眼前。不記得她的臉孔和面貌，不記得曾經共同讀過哪本故事書、唱過哪首歌，我卻牢牢的記住了「真的？」的質疑與虛晃。

時光一分一秒，吞吐飛逝，生存的過去式組合巨集藏在腦中的記憶庫裡。快樂的回憶當然也有，只是質與量皆未能躲避對手的覬覦。

＊＊＊

養老院大廳已排好桌椅。長長十餘個紅色桌布臺上，左右各配置兩盆茂盛的花朵，顏色妍麗，決然於窗外的冬日冷肅。

年末，社區團體在美國的養老院裡舉辦敬老活動。中式餐飲、賓果和獎品，擺滿臺前。養老院內的華裔老人有數十名，其他則來自世界各處，老美、老印、老韓、老德、老猶太，各個駝背縮肩，形骸消瘦。

西方人輪廓相似，同坐一桌，分不清誰的祖國在哪裡。亞裔自然同坐一桌，說話間，輕易就能分辨出誰是同胞。移居外鄉多年，鄉音不改，鬢毛已摧，文化與生活習慣依舊與西方人壁壘分明，無關久居年月，這已是華裔老人同唱的曲調。

食物送至桌上，老人紛紛用兩手將其攏在面前，驚呼豐美。被時間擊敗的皺乾臉龐，頓時揚起天真爛漫的笑容，像極初生的嬰兒，讓人一攬而抱，輕手撫摸被逗弄的笑臉。

輪桌添熱茶與咖啡，老婦人拉著手，緩慢地在手背上撫摸，頻道謝謝。乾癟的嘴唇使勁地咬嚼口中的食物，送一帆血色至已將走到盲巷底處的生命。

收起餐盤，準備玩賓果。分下數目紙，每桌都有聲音出籠：「等一等，我還沒準備好。」報數字的女士，聲線高昂綿長，一個數字重複三、四次，為求公平，講定以英語報數。細細的聲音又起：「等一等，等一等，太快了。你說的是幾號，可不可以用中文再說一次？」

時間蹦蹦跳離，賓果聲聲響徹大廳。大廳越來越吵雜，去臺前領獎的人越來越多。席終，盡性的結果，是杯盤狼藉。循桌收拾，老人抱著獎品與鄰座嘖嘖相較勝果。走了、離了，一哄而散。有的拿眼鏡看著，囁嚅說：「你們明年還來吧！」

還來嗎？明年？

答案呀答案，封印在微笑的唇上。

白色桌布，失了花色的桌臺。褪去所有鮮艷色彩與喧嚷，一室寧靜，躲在暗處的沉默窺伺而出。人形漸稀，窗外冬夜的寒風隱隱自窗隙透入，大廳回復本來面貌，剛剛落幕一景，恍然如夢。

廳外，有老人獨坐看報，自始至終，無視廳內喧譁。輕聲說再見，老人抬眼，旋又專注於報上的文字。走至門口，恍又發現另有三、兩位獨坐在沙發上編織毛線。

闔上養老院的大門，轉身回望。極目處有位老人撐著扶手架，腳步踉蹌，緩行於時間長長的演繹中。步向停車場的行走速度，距離車子雖僅十數步之遙，卻若咫尺天涯。

躺在棺木中，藏在化妝師仔細妝扮的粉彩後，凹陷的臉頰與眼窩，穿著白色唐式旗袍的你，難掩之前病痛的折磨。

滿室花卉，你所屬教會的牧師夫婦與你的丈夫、女兒、妹妹，四處與親朋探問寒暄。保重，節哀。傳統送葬離別的肅穆，在這裡似乎太過悲愴。你那與我同年的妹妹反勸我不要太傷心，久病的你知道會有今日，心理上早已有所準備。

戳破一隻飽滿的氣球，洩氣前也聽得到「啵」的一聲響音，而你，自發病、化療後，食不知味，耳重聽、眼弱視，都未聽你一聲嗚咽。去看你，你那張已變形的臉龐，硬是堆滿笑容，歉疚地說實在不好看，要大家別介意。

記得初識時，你滿身金銀，頸項和手腕亮晃晃地，舉步明快、笑聲爽朗。而後毅然嫁與美國的同窗，白手建立家庭與事業後的挫折，讓人心疼你的光耀逐日黯淡，笑聲如舊，卻已是與日爭錙的無奈。

當得知癌細胞已侵髓入骨，你依然緊緊依靠你的信仰，而你的信仰也賜予你巨大的勇氣，承擔世俗的病痛與哀傷。

夜無法寐，食無法嘗。手術的後遺症，讓你盡失為人僅存的尊嚴。籌錢替你買飲食替代品，你堅拒，寧願少食、不食，也不願虧欠人間。

臨走前的一星期，你寄來兩捲福音錄音帶。

「如果有空，不妨聽聽，不信也沒有關係。這對人生的體悟很有助益。」

去信給你道謝，並附言有空會去看你。錄音帶始終未開封。危病中，信仰於你，重於血與肉。你想引我進入信仰之門也有多年，而我猶若頑石。但你毫不氣餒，就是想與我分享信仰的喜悅。

未過七日，你已逝去。

棺木中的你如同生前，美麗而溫和。感謝信仰讓你最後的一段路走得如許平和。

送你人生最後一程，想起許久以前的記憶。
育幼院的大孩子說起黑暗與黎明，讓人心驚動魄。你可會害怕此去一路漆黑？
闔上棺木，最後一道光亮湮沒，那日別後，你即啟程遠赴他州，深埋在你夫家所購置的墓園內。
你走後兩年，來到我夢裡。
一樣溫和帶笑的臉龐，周旋在一室吵鬧的孩子間。你竟再來人世，償還未竟的功課？此時的你，可也想及過去與你提過的輪迴與再生？
你走後五年，說起那一夜的夢境給新識的朋友聽。她問，我們可是好友？我的眼眶乍紅，想起那群孩子和老人，門扉闔掩，各人踉蹌各人行，前塵往事俱化灰煙。
來如是，去如是，清風萬里。我靜靜地坐在思念的黑暗中，以微笑溫培舊事。他日相逢，或在幾世之後，但願我們仍能辨識彼此的面容。

歲月的眼睛

我居住的地方，林木蔥蘢，草地如蔭，小動物常穿梭眼前。松鼠和花栗鼠最常見，彷彿才剛剛冒跳出一隻，轉身一隻，抬頭一隻，斂眉又一隻。

好幾次，車子依照限速前進，打開車窗，享受窗外的和風徐徐。陶醉享受之時，迷濛的雙眼乍亮，心臟緊縮，連忙踩住煞車板。

行進中的身子受到突來的阻力，向前撞到方向盤，胸口隱隱作痛。抬起眼，那隻惹事的松鼠居然站在路的中央，傻傻地面向我看著。

緊急煞車是為了不讓牠成為輪下魂，牠卻以一副不關事的神態，悠悠於前爪間的核果。好像是我這個不速之客，打擾了牠咀嚼美食的興致。

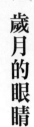

我一時愣住，這路究竟是為誰而開？

發傻的途中，松鼠像是接到從空中傳來的訊息，咻地一溜煙，奔向路邊的草地，前肢併後肢，快節奏地爬上樹幹，躲在樹的叢葉中偷窺被牠激怒、失態的我。

氣也不是，笑也不是。那畢竟只是一隻松鼠，奈牠不得。是誰說靈長類凌駕於上？一隻松鼠作弄你之後，可以逃之夭夭，然後滿足於牠的惡作劇，自詡擁有文化與文明的人類如我，也只能搖搖頭，嘆聲氣，然後再踩油門，繼續未竟之路。

松鼠隨機出沒，養成了我警覺的敏銳度。車子一進入住宅區，馬上減低速度，眼觀四面、耳聽八方，隨時注意周遭的動靜。

如果松鼠一直站在路中央，在一段距離之外就能看到，那是不成問題的。可牠常常從草地、行道樹或天地不知處間，衝竄而出。可惡的是，牠有時幾乎是存著玩鬧的心情，在車子將到之時，匆匆現身，車子緊急煞車，當煞車皮快要磨破時，牠便虛晃一招，以迅雷不及掩耳的速度跑回原來的立足點。當驚嚇未定的心魂往牠的方向望去，希望牠平安無事時，又看到了牠圓溜溜、天真無辜的大眼睛轉呀轉的。誰對？誰錯？交通法則完全派不上用場。如果為了閃避一隻小松鼠，撞上了路燈，或衝進別人家的草地、庭院，工務局和警察局找上議論的對象，可不會是一隻松鼠。

春夏秋輪番更迭，冬天來了。

寒冷的天氣裡除了雪，就是風和雨。出門的行人少了，連松鼠等小動物也躲起來避冬。沒有花香鳥語，也沒有蟲鳴。開車於路間，再也看不到松鼠們的蹤影。當一切從有變無，一時還不習慣，彷彿日子裡少了點歡樂的氣息。

難得的冬陽暖日，我在行人步道上慢跑。大路岔入小徑，小徑再入大道。大樹直聳入天，瘦峻枯枝，以一種堅忍的姿態，睥睨於天地之間。

整條街的枯樹，暖陽下夾著寒風，來回於路間，背脊竟然也有汗水淋漓的感覺，而那與肌膚的觸覺，卻是冰冷的。

大地寂靜，直到一陣陣煞車不及的刺耳機械聲劃破靜空，我停住向前邁動的身體，豎耳傾聽這早晨意外的出軌來自何方。

最終，是眼眸解了疑惑。

一團捲曲的毛絨絨物體斜躺於前方不遠處的土地上。不待走近，依其自頸項延伸至尾巴的三條長紋，即刻判斷那是一隻喜愛遊耍於街與街、樹與樹之間的花栗鼠。仗恃敏捷的四足，絲毫不將四輪車子放在眼裡。橫屍街頭，是牠太自信的後果。

尚未走近車禍現場，已看見慘不忍睹、血肉模糊的肇事現場。

在穿越這條路時，這隻花栗鼠可曾意識到自己走不到街的對岸？當離開家時，可想到不能歸去的遺憾？當大車橫衝至前，牠的心可曾流轉於恐懼與無奈之中？

我別過臉，假裝無動於衷，轉身回到剛剛停下的位置，繼續未完的行程。風景不變，路徑如常。在街底結束去程，轉過身，開始回程。

遠遠地就看到剛才車禍處，橫躺於路中間那不動的軀體。

我的眼睛越過對街，一隻花栗鼠正愣愣地守望已經死去的同伴。我不清楚花栗鼠是否會哭泣，但牠靜立的身姿，讓我有種牠懂得哀傷的感覺。

風寒寒地吹著，凍紅我的鼻子與雙眼。當我快步奔過時，那隻守候的花栗鼠不知何時才會離去，而那一躺一立的印象，卻在日子轉換裡漸漸淡了。

安居的日子，就是如此的平淡與不足為奇。一丁點熱鬧與失落，就能影響好幾日的心情。時間堆積，日子的軌跡重又運轉，新的事物與景物又佔據了舊有的印象空間。等有空靜下心來整理一番後，才發現竟是遺忘的多，記憶的少。於是，日子有無就成了一種存在與否的吊詭辯論。是耶、非耶、生耶、滅耶，恍惚之間，竟然也是模糊一片，是非難分、生滅難辨。

大道小徑、鬧市幽巷，時時上演人生悲喜劇。由小見大，時間與空間又豈是綿延無斷？因是之故，有聲的言語就顯得累贅與多餘，宇宙運轉不需詢問人類或是住在其他星球，抑或虛空世界裡所有生靈的意見。禮貌的周到也就拋之於後，盡情盡性的自轉、公轉，任它四季輪迴交替，雪雨時自雪雨，乾旱時自乾旱。只有那願意一嘗心中甘露者，方能在渾沌旋轉中找到支力點，然後在每逢雪雨乾旱交替的瞬間，偷覓空隙，採一朵雲角、嗅一鼻花香，以支撐繼續吞吐的勇氣。

生活是個難以周旋的對手。設計華麗有失原味，過於簡樸彷若水上刻字。如何殘喘，是呼吸之間的為難。

美麗是那麼短暫，時間又是那麼漫長。

轉眼間，花栗鼠不改舊習，縱橫於前後院。藩籬與樹間，依然有松鼠跳躍。花開花落有節，人來人往有時。領略過日月更迭裡謊言與虛榮的消遣，再遇到足以影響情緒起落的事時，我已學得一招半式，懂得鑽入時間河流與空間隙縫裡，擠眉弄眼，在明亮的鏡子裡，留下一個尷尬的笑臉。

天心微光

那是一個毫無預警的傍晚。

當時，丈夫在前院的草地上灑水。突然看到對街有隻大黑貓走過來。大黑貓彷若懸空行走，步步為營，眼神透露出捕殺獵物的肅殺之氣。丈夫隱約覺得不妙，四處搜尋。

他慌慌張張地跑進屋裡時，手裡的黃色塑膠盆內有隻還未張開雙眼的深棕色小兔子。

「好瘦，眼睛還緊閉著，像是剛出生沒多久的小baby。還是把牠放回去吧。兔媽媽回來發現孩子不見了，一定很心急。」我的母性迅起，想起兒子剛出生時的模樣。

「這麼熱，還有敵人在外面，太危險了吧！」兩個孩子異口同聲的說情著。

幾番來回細論後，決定收留小兔子，等到牠長大些，有能力自保，就放牠走。

依照圖書館和網路的資料，我們猜測小兔子應該只有兩、三天大而已。

小兔子很敏感，一碰到牠，就嚇得躲在紙箱的角落裡。我們試了很多方法，但牠仍全身發抖。

為了營造一個自然的家的感覺，從院子裡剪下青草鋪在紙箱裡，以假亂真。小兔子卻不領情，依然躲在角落。

隔日晚間，玻璃窗外有隻形體較大的兔子，整個身子面對著室內。

兔媽媽冷靜的眼眸與我目目相對。

我大叫一聲：「兔媽媽來了！兔媽媽知道小兔子在我們家！快，快抱小兔子出去！」

兔媽媽站在原地，等我們開門、等我們將孩子還給牠。

丈夫兩掌合握，將小兔子伸向兔媽媽的方向說：「小兔子在這裡！不用怕，牠沒事。」放下小兔子，我們全家人聚在客廳裡，高興地看牠們母子相逢。

兔媽媽不動如山，只豎直長耳朵，以雷達的姿勢左右擺動。是牠太小心？還是以為我們設下了陷阱？

為了讓牠放心，我們按熄室內的燈火，從百葉窗的縫隙裡向外偷看。

天心微光悠悠遍照，車輛駛過、行人走過，灌木叢邊，兩個重疊的影子相依相偎，不論天塌地陷，都無法驚動牠們。

大約七分鐘過後，重疊的雙影裡有一個彈跳而出。我們再等下去，希望能看到兔媽媽帶走小兔子。十分鐘過去，十五分鐘過去……。兔媽媽不見了，小兔子卻躺在草地上一動也不動。

究竟是怎麼回事？難道又發生了可怕的事嗎？

丈夫和我兩兩相看，兩個孩子也站在身旁。哥哥問：「兔媽媽不要牠的孩子了嗎？」

弟弟反應很快，馬上接口：「我們可以養牠嗎？」

我們猜不出兔媽媽的心思。

小兔子肚子圓漲漲的，兩隻長長的後腿交叉伸直，躺在丈夫的手掌裡打哈欠。

「你們相信兔子會有這種睡相嗎？」

他笑得難以置信，我卻憶起孩子小時候生病睡不著時，抱著他坐到天明，帶他看醫生、吃藥，還特別煮營養稀飯，為他補充營養。

我更記得帶著兄弟倆去玩具店，轉瞬間，弟弟不見了。我急得滿身汗，腦海裡不時出現尋找失蹤兒童的告示單。

其他顧客見到我的神情，猜到我在找孩子，很好心地一起幫我找，有人還安慰說：「一定是在哪個角落，別著急。」

接著，有個美國女人從遠遠的對面跑來跟我說：「別怕！你的孩子就在前面玩。」我的心弦頓時鬆弛，跑過去緊緊抱住弟弟，像是拾獲人間至寶一般。

哥哥在我後面緊緊跟著，然後跑去和我們抱成一團。

我的心又痛了一次。

為了找一歲半的孩子，忘記還有個五歲半的孩子也需要照顧。

孩子嚇到我，我也嚇到了孩子！

走失了，找回來了。那麼那些找不回來的呢？

兔媽媽連續三天都在不同的位置出現，一樣是餵完奶就走。

第四天，小兔子的眼睛睜開了。牠已經成為家裡的一份子，任何變動都是注目的焦點。

風在吹，樹葉窸窣地摩娑著。地底下的蟲子，唧唧吹奏起連續不斷的樂曲。街旁唯一的一盞路燈，斜斜地照在地面上，昏黃的燈光顯得分外溫馨。

這天晚上，依舊放小兔子出門等兔媽媽。到了預計的時間，開門要去抱小兔子時，咦！小兔子不見了！四面觀察後，我們下了結論，小兔子一定是跟媽媽回家了。

當我們正高興時，屋側的常春藤裡傳來陣陣葉子的摩擦聲。丈夫順手拿了根樹枝在裡面翻攪著。

「喵！」竟是一隻大黑貓竄逃而出。

驚覺不妙，我們四處尋找，但都找不到小兔子。

牠回家了嗎？希望是。但如果不是呢？

連續兩天，弟弟和我輪番在常春藤四周巡視。久尋不見，弟弟眼眶乍紅。我摟著他的肩膀，無言以對。傍晚，我和兩兄弟坐在門口看天上繁星，說起希臘故事裡一則動人心弦的母子相逢的神話。卡麗斯特和艾克斯化身為星星，母親是大熊星座，兒子是小熊星座，兩人在天上相聚，永遠不再分離。

哥哥的睛瞳凝視著天空。

弟弟冒出一句話說：「媽，我看到小熊星座的眼睛眨了一下。」

我的心海剎時氾濫成災，巨大的水浪浸潤我的全身。愛別離可真是人間難忍的至痛？

恍惚間，弟弟搖了搖我的手臂：「媽，有個黑影子！」

我緊張地站起來，真的有個黑影在晃動著。我扶扶眼鏡，再仔細看個清楚。

小兔子一跛一跛地向我們站的地方走來。

哥哥忘情地叫著：「小兔子還活著，小兔子還活著！」

他蹲下來抱起小兔子，但牠一動也不動。

弟弟再摸了摸小兔子，牠的身體抽搐著。

哥哥低聲說：「小兔子受傷了，左腳邊有道傷痕，看起來是尖刺穿進去的。」

弟弟說：「大黑貓那天是要抓小兔子！」

進屋後，我們趕緊拿醫藥箱幫小兔子敷藥，又餵牠喝牛奶。這回，牠已無從選擇，咕嚕咕嚕地喝個不停。

我們一家人同時嘆著氣。

小兔子身上有傷，躲了兩天，又餓又累又痛，因為聽到我們的聲音，才冒著生命危險，走出藏身處求救。我們越是拼湊之前所發生的情景，越是替小兔子捏把冷汗。若非趕走了大黑貓，繼續纏鬥下去，後果一定不堪設想。

兔媽媽隔日傍晚又出現在前院裡。小兔子沒出現，兔媽媽就不來。母子心靈相通，真是天性！我們在大門玻璃窗後，守候牠們母子。孩子受傷了，愛莫能助，兔媽媽心裡必定很傷心。

餵完奶，兔媽媽跳開，兩隻兔子對面相立。小兔子並不像往常留在原地，更絲毫沒有要跟媽媽走的意思，竟然一溜煙地就往後院的方向快速跑去。

擔心舊事重演，兩兄弟各拿了兩支手電筒，四處尋找小兔子。傷口若不敷藥，在這大熱天裡，很容易潰爛發炎，小兔子承受得起嗎？

想找兔媽媽，但牠也不知何時失了蹤影。

一夜又無成，清早，哥哥去小兔子平日最喜歡蹲坐的地方各放一片油菜葉，以免小兔子白天餓了沒東西吃。

近中午時，大黑貓竟然又出現了，哥哥出去驅趕，順便巡巡附近。

哥哥進門時說：「大黑貓一定觀察了很久，知道小兔子沒死，又回來找了。」

弟弟的臉像是被一抹黑雲遮蓋似的，丈夫安慰他說：「小兔子昨天晚上喝完奶，有力氣跑開，傷勢可能沒那麼嚴重。」

弟弟不出聲，久久才說：「也許小兔子今天就會回來了，就像昨天晚上一樣。」

世事難料，月圓之後應是月缺，月缺之後也應是月圓。時有暴雨狂風重雲，誰又能說，月圓月缺必定讓人見著呢？童話世界裡的圓滿結局，不過是為了遮掩事實的搪塞之語，相信或不相信，皆無阻悲歡離合、聚散紛飛的殘酷事實。

晚上九點多，大黑貓出現在街口。

我快步衝到門外，對著大黑貓吼：「走開！」

大黑貓非常聰明，向後慢跑。牠轉過方向，走向右前方，穿過一家，在第三家的車庫前大迴轉，藏身在第二戶人家的矮樹叢後。

我的眼光一直沒離開牠，憤怒在心裡熊熊燃燒。大黑貓不放棄，小兔子應該還在附近。

大黑貓繞過左鄰，試圖將身子貼近灌木叢，以避開我們的視線。看我們虎視眈眈，牠漸漸退回牠主人的家，不再出現。

天色已晚，我們一家四人都站在草地上，監視大黑貓的舉動，也到處尋找著小兔子。我守在門口，唯恐小兔子像昨天一樣跑來求救，看不到我們而投靠無門。

十一點，兩兄弟回房去睡了，明天還要上課。

十二點，夜幕深垂，跨過子夜，又是一天了。我望著丈夫說：「睡吧，明天還上班呢。」丈夫走去幾處兔媽媽常出現的地方，又走去小兔子遇刺之處，前前後後好幾回。

終於，讓他看到了！

兔媽媽站在我們家前院那塊老地方，腹部下方有個東西在蠕動著。

我們學會不打擾牠們母子，讓小兔子安安心心地飽餐一頓。

小兔子從瘦弱至圓潤，從無力站立到動作迅捷，靠的是牠旺盛的生命力及兔媽媽不懈的搜尋和哺乳。有過兩次與死亡擦身而過的經歷，相信小兔子已經適應險惡的世界，牠除了接受，勇敢以赴，別無他法。

小兔子回去了屬於牠的地方，我們替牠高興。

我們揮揮手向兔媽媽和小兔子說再見。牠們將永遠存活在我們的記憶裡。

我這個人類媽媽不覺得那緊緊孩子生命的兔子是隻不解世情的四腳動物，也不認為身為萬物之靈的人類，有多麼了不起的靈性。在這片天空，同一個月亮下，我和兔媽媽有著同樣愛子心切的情緒。

我和丈夫靜立在無垠穹蒼下，傾聽天地的自然樂章。

他說：「我帶你去植物園看上次拍照的那朵最小的蓮花。從污泥裡奮然挺直的，必是最堅毅、最美麗的。」

我的瞳眸回望兄弟倆的臥房窗戶。

天心微光斜映寂靜大地，我的心也隨之飛揚至從前、現在與未來，璨然而笑。

野兔的異想世界

今年雨水豐潤，三、兩天一小雨，一、兩星期下大雨，把草皮養得很油綠。我常常在黎明與黃昏時，在前後院漫步。高樹參天，綠草遍地，尤其雨後，芳草的清香，讓人的心情分外清朗。

時時走來走去，一日發現前院大草皮禿了一大塊，在滿綠的草野間，顯得非常突兀。於是找來丈夫同看究竟。

走近一瞧，信手撥開，近乎橢圓形的凹洞裡，鋪著交錯的乾草。我們夫妻倆對看一眼，馬上明瞭，又是野兔在做窩了。

七年前，我們曾在離凹洞不遠的地方，救了一隻小野兔，當晚同時埋了牠受害於貓爪之下的三個同伴後，將牠帶回家中照顧一星期。神奇的是，兔媽媽竟然能循著味道，停駐在我家窗口前。當我撩起百葉窗時，赫然與牠面面相對。那時心情很激動。怕光也怕人的野兔媽媽，將自己暴露於燈光之下，不顧自身安危，只為了尋找牠的孩子。
來自對街的黑貓，食髓知味，每夜來巡兔窩。有鑑於此，我們也不敢將兔寶寶放回去。於是我們暫時充當兔媽媽，去寵物店買了羊奶餵食，並拿了一個大紙箱當作兔窩，每夜大約十點時隔著百葉窗查看，一見兔媽媽蹲坐前院，即將兔寶寶輕放門前。兔寶寶慢慢爬至兔媽媽身旁喝奶，這是一幕令人動容的畫面。人常說母子情深，母愛的偉大，在兔媽媽身上，我著實深深領略到。
時隔七年後，前院竟然又出現了一個兔窩。
丈夫說，窩是新做的，可能有隻懷孕的兔媽媽即將生產，先來做窩，以備兔寶寶出生。窩一做，就長不出草，禿禿的一塊，很難看。
我說，兔媽媽既然要生了，再去做一個窩，時間可能來不及了吧。既然要來，就讓牠來吧。
當下，我們共同想到了七年前與黑貓奮戰的情形，心裡也擔憂著，不知舊事是否會重演，我們有能力保護牠們嗎？
七年前的一晚，我們在門內看兔寶寶喝完奶，兔媽媽離去後，準備出門將兔寶寶抱進來時，黑貓不知從何處竄出，以想像不出的速度朝兔寶寶飛奔而來。我們也大吃一驚。順手在地上撿了根樹枝揮趕時，黑貓、兔媽媽與兔寶寶已在暗夜的常春藤叢裡陣陣追逃。
想救但無法救，我一抬頭卻驚見兔媽媽已從常春藤叢中逃出，守在對牆，牠也束手無策，害怕牠的孩子像其他三隻一樣葬生於貓爪之下吧。

讓我感動的是，黑貓可能會轉向牠，牠可能會失去生命，然而，牠並沒有逃走。

丈夫拿著樹枝，小心翼翼地打在常春籐裡，希望能找到兔寶寶。

時間分分秒秒過去，兔媽媽不知何時跳離了，常春籐裡也沒有動靜。

暗色夜空下，身為人類的我們，不知黑貓和兔寶寶去了哪裡。

兔寶寶從那一夜後，就不曾再回來。

丈夫除草時繞過兔窩，我們也不知道兔媽媽究竟來生產了沒。

連續兩天夜裡下大雨，丈夫開始擔心室外的兔窩。矛盾的我們，一方面希望兔子一家能尋自然法則生產、離去；一方面又怕天災傷及無辜。兔子怕水，水若積太多，土溼水冷，兔寶寶一定難逃天命。

凌晨時分，丈夫終於忍不住說：「不行，這樣牠們一定會淹死！」他一躍下床，套雙脫鞋就往門外衝。我還沒跟上，就傳來車庫門開啟的聲音。

當我面對著他時，他已全身溼透，手中拿著一個大鞋盒，讓我拿進屋來。

他本想雨停天明後就放回去的，好巧不巧的是，要放回去之前的幾分鐘，竟然又有隻大黑貓在附近遊走。放回去？不放回去？真是應了莎翁名句：「to be, or not to be: that is a question.」

這以後，六隻兔寶寶就跟著我們生活了。

連著三天都下雨，大黑貓來巡過兩次。兔媽媽來的時間，從晚上十點，換到十一點、十二點。我的心開始痛了起來。等不到孩子的兔媽媽，一定很心焦。

第四天，決定先放走四隻。

我在後院的圍牆內用紙箱堆圍成一個大區塊，裡面鋪放乾草，仿做一個兔窩。其中有一隻彈躍走跳很靈活的，領著其他三隻，想盡辦法要跳出紙牆。

畢竟是野兔，不是供人豢養的家兔，無論如何餵食，這隻最有活力的就是不願喝一滴奶，只有在沒有人的時候，才咬食我從草地移植到盆栽裡的青草。

為了不讓牠們餓過頭，第三天的黃昏，我們將牠們放在鄰近兔窩的草叢裡。生性機警的牠們，才接觸到地面，就馬上尋找藏身處。

我們躲在窗簾後，確定四周安全無虞後，就決定讓牠們依牠們的方式生存。至於如何與兔媽媽相逢以及往後的種種，就無法顧全了。

留下兩隻。

最弱小的一隻，因為牠既不會跳也不會彈躍，一放出去，一定馬上成為其他動物的食物。牠可能是六胞胎中最瘦弱的一隻，沒有喝到足量的母奶，一摸就摸到瘦峋峋的身骨。再者，牠很好餵養，一靠近盛羊奶的湯匙，咕嚕咕嚕地就舔個精光，至少可以養到身形大一點再放牠走。

不想讓群居性的兔子落單，我們留下第二瘦小，很溫馴，也好餵食的兔寶寶。

隨著日子一天天過去，兩隻兔子的吃草量越來越大。我固定早、中、晚三個時間去院子裡拔青草；嫩草吃甘甜，粗草磨牙。

兩隻兔寶寶，雖然照顧的方式一樣，生活的空間也一樣，但是成長的狀況卻很不一樣。一隻安安靜靜的吃草、睡覺、長大，像個守護神，默默地照顧著另一隻超會吃草、喝奶，卻成長緩慢的手足。

我常常想，是不是因為出生時就先天不良，再加上喝奶不足，使得最小的這隻一直趕不上其他五隻的發育速度。

野兔的體形並不大，大多屬於瘦長形，可能是為了躲避敵人的追捕。當大一點的那隻，雙頰外凸、體毛綿密，能跳能躍、能跑能彈，動靜皆宜時，小一點的那隻卻只停留在跑的階段。本是同胞生，何以差異如此之大？

算算兔寶寶已有一個月大，加以要出遠門，準備將牠們放諸山野。放生前，丈夫取出相機，為牠們留下紀念照。小隻的將前足攀在紗窗上，向外遙望的渴望表情，讓我動容！誰說只有人類有思想！看看小野兔，我們不約而同地說：「傻瓜！外面的世界不好玩！很險惡的！」

還是放走了牠們。

兩隻野兔在附近盤旋，依著小樹叢慢慢地向外走。以為牠們會安分地守著一片樹叢，他們卻不知何時移到了門口，舔了舔盛在小圓盤裡的羊奶，但就是不願再踏入門內一步。

準備走了？捨不得走？還是臨走前的最後一瞥？

走走停停，停停走走，像是在玩躲貓貓，躲著躲著，兩隻野兔不知何時已渺然無蹤了。

以後幾日，我像個傻瓜似地，守在牠們的窩旁，以為在危機四伏的世界裡，牠們會逃回「家」找溫暖。

然而，沒有，連其他先放走的四隻小野兔也沒有。

牠們回去牠們的世界，人類之於牠們，是意外闖入的領域，時間到了，就該走了。

據說，野兔長到五、六歲就是生育期；據說，母兔會回到牠的原生地生產。

我們總猜測，是七年前的那隻野兔回來生產嗎？

若然，難道牠忘了牠出生時的慘痛回憶？若然，難道不害怕再次遭受大貓的襲擊嗎？

想起鮭魚的逆流而上，童年時光的永存。或許性靈動物在隱然深處，留有抹不去的記憶，在有意無意間，由腳步帶領著走去。無關宿命與邏輯，生命走到一個定點，峰迴路轉，重頭再起。新起的生命，將會更亮麗、更光明。

無論是七年前的兔子或七年後的兔子，都讓人見識到生命的堅實，過程或許充滿無可預知的險境，然而就在無可預知中，滿載著希望。

今年救起的六隻小兔子，不知道七年後是否會再回來做窩，那時的我們如果還住在此地，希望牠們能無災無難，平安的來，平安的離去。

觀自在

水面寧謐，細細流去不知名的遠方。土地在河的兩側築堤，一吋一吋向上堆積，向前鋪陳，像忠實的戀人，圈起厚實雙臂，緊緊擁抱，時時刻刻凝視著它，唯恐情緒作祟，亂了方寸、走失了方向。

到底，土地仍是愛惜水流的，無論是心平氣和的無言遠流，或是大發雷霆的水氣沖天，總能在水流的岸底、水流的終站，看得到土地以泥濘、以塊壘，包容它的所有一切行止。別走了、別鬧了，發完脾氣就好了。日子有始就有終，生命在遙遠的盡頭揮手，別意氣用事，將氣力消耗殆盡。我們手牽手，回家吧！

受到天氣驟變、人事遷徙、煩惱憂愁的影響，它也以最冷峻的心情，隨你憂、隨你愁，告訴你它的內心底蘊。遇到不平、挫折或憤怒，它瞬起波濤，給予你滿滿的關懷與熱情，人也似火燃燒。

冷與熱，全然接受，無所遁逃，除非能學會封鎖自己的感情，不讓一滴流水探詢，方能相安無事。

此等平靜，是兩相退讓的結果。不踏入對方亟欲保留的空間。因為彼此相愛，所以包容。「說服」這字眼成了廉價的交易品，雙方都不願涉入。

對水具有莫名的親切感，感覺像是在體內川流不息的液體，是存活的必需品。仔細聆聽，它正折過一道靜脈膜壁，上下奔騰，準備去身體的另一邊赴約。

面對水，鬱悶的情緒得以紓解，愉快的心情更加快活。無所事事，不求任何目的，只單單看著流水潺潺，就是人間無上的享受。

於是，每次看到水，心裡就沸騰著，彷若他方遇故舊。尤其是到一個陌生地時，更覺得親切。在水岸邊的泡沫裡，看到似曾相識的身影，就像宣紙之於潑墨畫家、斧頭之於砍柴人、木板之於築橋夫。老舊的器皿與建材不得講求效率的現代人歡喜，卻不損其深邃的迷人風采。可以不看它第一眼，卻忍不住看它第二眼、第三眼。即便發明各式專有名詞，混淆傳統視聽，它亦無動於衷，以不發一語的堅決態勢，打垮世間的傲慢。

這真是難以言說的經驗，畢竟每個人都有獨自的釋懷方式。

有人讀書，逐字砌句，在方塊字和字母編排的句子裡，串聯過去的記憶和未來的憧憬，編織現在的綺夢。無關現實與夢幻，依循著他的期望啟書、闔書，完成一期的生命之旅。

旅行，背起行囊浪跡天涯。人我兩不識，方能肆無忌憚地放下武裝多時的自尊與面具。在細胞裡蟄居多時、名之為「好奇心」者，得以有鑽過重重細胞壁壘，打敗市儈與高ＥＱ這等文明新能源，重見天日的機會。因為放棄，故能窺得前路奧祕。呼吸，所以存在。

酷愛攝影成癡者，已分不清是攝影者或是被攝者。後者在攝影者的眼裡，是一件角度正好、焦點正確、構圖完整的作品裡的主角。透過鏡頭，前者看到忘卻已久的面孔與笑容。快門聲是彼此依存的信號。

屬於我的，就如同今日黃昏。

夕陽溫紅，感受不到白日的熾熱，經過整日發光發熱，業已疲乏，休息時刻到了。淺白的月亮適時移步，隱隱浮掛在淡藍色天空上。粉紫色晚霞斜斜地橫掃於天，在湖面形成模糊的倒影。

夕陽將落的時刻，我穿了件桃紅色短衣，坐在湖岸邊已見腐朽的一小塊木造夾板上，下巴輕叩於緊縮的雙腿之間。這樣的裝扮與姿勢，適合打坐冥思，探討存在的本源。

不擅面對現實的習性，讓我捨假歸真，試圖自周遭的一舉一動中，找出可供寫作的靈感泉源，營造各種可能的情境、勾勒動人的故事情節。

人們的說話聲、跑步聲，腳踏車輪的轉動聲，以及陣陣飄來的烤肉香，充斥在四周的空氣裡。

胖男人、胖女人讓人看不出真實年齡，但這又如何，完全不妨礙他們緩慢的跑步步調。慢慢跑去，慢慢跑回，都是六英哩的路程。不像我曾「衝鋒陷陣」二十分鐘後，便「鳴金收兵」，留下永遠不曾完成全程的記錄。

「滑溜族」的速度夠快，腳下的飛輪似風如火地呼呼飛嘯，讓人不得不興起讚美之嘆，需要何等的平衡力，方能展現身體前傾的優美弧線與雙手自由搖擺、不受牽絆的姿勢？

至於在湖心划獨木舟者，天地悠悠，不擾其一槳獨去。火紅的太陽隱沒天際之邊陲，失去了熾亮光明，幽微的月光初現。是俗世遺棄了他，還是他遺棄了俗世？

宇宙不安於室，太懂得借物使力，利用氤氳遮掩它的殘酷。掀去面紗，這才恍然大悟，月亮的真實身分，是強烈的震撼。該信，不該信？

三頭犬塞伯勒斯駐守靈魂出入口，對自冥河對岸擺渡而來、黑影幢幢的悲苦靈魂虎視眈眈。一入此地，便難回頭。波西鳳再美豔動人，也只有黑帝斯能睹其容顏。美人的存在是種無奈。

卡夫卡化作一座橫跨於深澗的橋，經年累月地任憑踐踏，依然逃不過淘汰整建的命運。往日含著悠悠目光凝視橋身的潺潺流水，也莫可奈何地見它粉碎如碎石，流轉於滔水之中。流水橋身過，橋流水不流。沉默真是金？

性空禪師乘船遇難，為救船上人，快書祭文，要海賊快快結束他的生命。反其道而行，嚇壞了一缸子搶錢、殺人不眨眼的海賊。全船均安。數十載過後，履前所言，寫下開悟偈，幽世人一默。坐入大盆，口吹橫笛，不顧生死於水浪間。怕死的又是誰？

我坐在黃昏的湖邊，腦海裡不時浮現送你離去時的景象。

車過鋼橋，大河自眼媚靜靜流過。

河面寬若天，兩岸叢林繁茂。

「聽見水聲了嗎？」

我問坐在後座的你。

久久不得回應，原來你正沉醉在耳機的搖滾聲響裡。

車子持續向前開去。大河蜿蜒，總在以為流轉至他方時，恰時地出現面前。

我聽見水聲幽幽、鳥啼清脆。雲朵在天空疊羅漢。他們笑問我，可懂得成長的秩序。長大了，就該離開了。時候到了，你不讓他走，他就讓你走。

在大學門口與你揮手道別。你燦爛的笑容快速回轉至十歲、五歲、兩歲與初生。羊水氾濫，哇啼震天。在忽然乍現的生命場景裡，所有的回憶瞬然一瞥，提醒我，流水不等過客。

當車子駛回原路，我猜想你也不會回頭，徑直地走向屬於你的未來。你不會哭，如同我不會笑。初次離家獨居的你，對於我貧乏的不捨，恐怕會覺得是個難解的謎。一報還一報，當年我何嘗不是也以被養育飽滿的羽翼，振翅遠飛不頻顧？

來到我們曾於傍晚漫步的湖邊。看夕陽、讀流水。汗流浹背地在步道上奔馳的，皆是與你相仿的年輕人。黝黑的膚色透露出長時間暴露在陽光下的成果。常常看到一幕畫面：一家人老老少少出來散步，總是最小、最力壯的跑在前面，年長者尾隨於後，夾在中間的則是推著嬰兒車的婦人。

晚風穿梭，你弟弟站在沙岸邊，手中的石礫在半空中沿著一條拋物線，於湖面激盪起陣陣漣漪。一圈水紋向外伸張，將盡時，另一圈水紋加入，兩圈水紋結合，在水面刻畫出更大的水紋。

你的短暫離去，宣告了我未來的生活方式，並提醒我，這就是成長。歲月輪轉，你和你弟弟離巢的時間越來越近，你們將建築屬於你們的世界。不該喟嘆。選擇失去、離別，以示不再年少稚幼者，不是別人，而是你們。合該拍掌呼躍，你們贈予自己於未知。白鷺鷥低飛過境，遠空中滑翔機拖曳而過，留下些許迴聲響在高天。

或許無法自圓其說時，我會放逐寫字的筆、畫圖的筆、想像的筆，寄身於水面迴旋無盡的漣漪。

隨風吹，付水流。

水，復歸寧謐無波。

觀自在。

背後足印

久遠以前，當文明尚在萌芽；人之初懷，停留在打開家門，即面對山、面對水的時候。

早晨挑起扁擔，下田耕種；年輕人夜深鑿窗，取月苦讀；婦人織素為布，忝為家人增衣禦寒；老人也為後人延續著文化生命。

安土重遷，是華夏民族根植於血液裡的文化DNA。成行的背後，都有某種可為人言或不可為人言的因素。無論是為了個人理想，亦或是大環境使然，離家，是人生的重大抉擇。

中國文學家，以「離家」為題旨，由個人而家而社會，貫串成整部民族歷史。

老子說：「千里之行，始於足下。」交通不便，離家的人，不是透過水路就是透過陸路，帆兒高揚，一槳遠去；背起包袱，萬壑千山。腳兒抬起，舉輕若重，此去，山巔水湄，人各一方。

北朝〈木蘭辭〉，木蘭代父出征，將孝道，袍澤情，愛情與鄉情，衛護家國之機智與勇武，寄託於三百三十四字中。

古詩十九首〈行行重行行〉：「行行重行行，與君生別離。相遇萬餘里，各在天一涯。」一良人離家，路是那麼的長，時間是那樣的久，反映出東漢末年社會的動盪不安。

不忍蘇軾、蘇轍遠行，本著父愛，蘇洵伴隨兩兄弟入京赴試，成就了一家兩位進士，及爾後足以光宗耀祖的「蘇門三傑」。中國文學史、思想史及政治史上的大家東坡居士，自始為人唱誦千百年。

見逐楚淮王，屈原臨風遠望蒼茫的江南大地，遠走他鄉。孔子當年離家，車馬緩緩慢行。

唐朝玄奘大師，為解佛法疑惑，偷渡出關，千里迢迢，徒步至印度取經，歷經大漠困苦及多方艱難，終究完成了印度與中國之文化與風土交流。

離家後，歸期無期，永久、倏忽，有人沉沒於生死之流，有人再造新景。離開，可以是一個終點，有時卻是一個起點。

坐在萋萋綠草地上，捧書閱讀。一時之間，有種時空倒置的錯覺。

書是十餘歲時在臺灣買的。彼時翻閱，鼻嗅間傳來陣陣紙頁香。磨樹成漿、鉛印成字，造冊裝訂，如在目前。黑飛的字、清晰的墨，乘載當時不知天高地厚的歲月。

但此時翻閱，鼻嗅間傳來的是縷縷溼霉味。頁漬黃，重灰的墨字，猶若逝去的年月，與現下的視蒼蒼、眼茫茫相互映照。

其間差距的時間與空間，組成去臺灣、來美國的中間地帶。由夫妻兩口成為四人之家。日日月月年年，卻又將面臨長子離家讀大學。好像人的一生，由無至有，就是在經歷著加加減減的過程。

一邊是老去，一邊是成長。一邊是得到，一邊是失去。滄海桑田，彼消我長。宇宙運轉不息，沒有停歇。對照於個人，在天秤兩端，真的也無所謂得失。

據說我所居住的聖路易，萬年前由海底浮出成島，海中的石與島在相互推擠下，陸地逐增，海水逐退。有土地、有水源，斯有人居住。在博物館的戶外步道、在佇立林中的大石塊表層，尚可看見深鐫其上的海底動物屍身遺跡；館內，高聳的長毛象模型，傳述久遠以前，此地的荒蕪與野獸四出。

時日荏苒，聖路易曾經輝煌，成為美國的毛皮集散地，拜密蘇里河及密西西比河匯流之賜，在美國河運歷史上佔有一席之地。

初來美國，站在一百九十三公尺高的大拱門下，遙想在這座被美國人視為往西拓荒的里程碑之下，有多少艘獨木舟，湧懷「西出陽關無故人」之志，為自己、為家人、為未來尋找一個生的出路。死去者多，尤其是因為衛生及醫藥因素而失去生命的小孩，時至今日，緬懷過往，出走是當時的必需手段。

而我這來自太平洋隔岸的臺灣小女子，當初來美的職志又是為何？細細思量，真是為了一個學位而來嗎？有過宏高的理想嗎？

那時的心境與理想，真的是必要與必然的嗎？

聖路易的華人數量比不上鄰近的大城芝加哥，更遑論東西兩岸。初旅紐約與洛杉磯，既羨其大，也厭其大。因其大，所以人多、車多、建築多、文化廣。因其大，故聲音多、犯罪多，人與人之間的距離也大。

因此之故，聖路易沒有所謂的華阜，沒有高高挺立的牌樓，也沒有滿空的裊煙與喧鬧。幾棟華裔商家，足堪撫慰五臟廟。活跳跳的魚蝦，沒有；青鮮的空心菜，很抱歉；熱騰騰的豆漿，對不起，要什麼沒什麼。美國超市的西洋芹搭配以水泡軟的乾香菇，放幾顆拍碎的蒜瓣，爆炒之下，依然有著家鄉味。

一眨眼，華裔超市一家家開立，一家比一家更大。新鮮荔枝、木耳、香菇和青筍，像是變魔術般，突然冒現眼前。所能想像出來的廚房作料，不僅齊全，還囊括了來自泰國、越南、智利與日本、韓國的品種。

中餐廳也是如此：一家家的開，一家家拚菜色、拚價錢。然後，一家家的倒，再一家家的開。每新開一家，老饕就蜂擁而來，酒酣耳熱之際，不忘揶揄調侃，何時會關門倒店。

嘗鮮的人和歷險的人配合無間，繁榮華裔事業。

車經十餘年前的華商大道，市政府為照顧越來越富有的華裔消費者，於是斥資修路、裝修街道和路燈，湧入的資財與人口數量成正比，所造成的效應是：以前眼中的荒郊野外，房舍林立，拓展成最適合居住的環境，而市區內的房價則步步高昇，讓人咋舌。遷移較晚者，徘徊於交通便利與周圍環境的兩難之中。於是，年輕人口逐次外移，「少小離家老大回」，聖路易的人口呈現出老與少的中空現象。

每有外地朋友來訪，都會帶他們登上大拱門，眺望密西西比河兩岸的城市風貌。他們興嘆拱門宏偉，也讚美聖路易城市保有美國古老的文化風貌，我卻心繫於老教堂火燒後遷至他處、紅雀棒球場搬走、農夫市場日益縮減……。外地人看美麗外觀，內地人看人去樓空。一樣風景，兩樣心懷。秦時明月漢時關，當年搖擼西去者，恐未意料，他們的出發點，竟也慢慢蝕去它的舊有風華。

天寶三年，詩聖杜甫和詩仙李白相會於古城洛陽，兩位大詩人連袂暢遊河南開封與商丘，兩人分開一段時間後，再度重逢。而後，杜甫去了長安，李白去了江東。詩聖與詩仙自此各居一方，各人走各人的人生路，不再相遇。杜的〈天末懷李白〉，不也是詠懷那逝去而不再復返的時光？

居美近二十載，不論城市轉換或是人事遷徙，與這些來自他方的朋友相識、相遇，是最讓人珍惜的事。

我們有共同的離家背景。

長大了，學業告一段落，離家，行走天涯。為學業、為家庭、為事業。畢業典禮、婚禮、Baby Shower、新屋誌慶、病痛、失業、就業、憂慮遠方親人的健康；每個階段，都有共同的話題可以一同歡笑與爭執。雖然有人再次搬離，有人身染病痛，有人離開這個人世，都不會抹滅共同走過的歲月裡的點點滴滴。曾經存在，就是生命真義。

每每讀到東坡晚年回鄉之際，吟出的「九死南荒吾不恨，茲遊奇絕冠平生」、「夢裡似曾遷海外，醉中不覺到江南」時，讓人不禁喟嘆他思鄉之殷切。

道路阻且長，是古代人的不便。

文明昌盛的現代，不僅水陸便捷，空中航道更是快速。

「少小離家老大回」變成現代文明裡難以想像的神話。現代人的離家，儼然是為了實現夢想而做的決定。處處非家，處處是家。處處是家，處處非家。一條陸路、水路、空路，都是通向夢想的大道。

輯二　行旅心事

粉妝

昔日印象裡，淡水街頭的白日充滿爽朗朝氣，淡江大學、淡水工商和淡江高中，學府校堂將淡水這座古老小城點綴著年輕的聲響。

清早匆匆地將麵包塞入書袋，汗水淋漓地去趕公車。跳下公車，書袋甩在身後，隨著雜沓零亂的腳步向後火車站飛奔。

第五月臺人影紛亂，站滿各色面龐，或三五成列，或孤單倚柱，於亮麗白光裡細碎喧嚷著各人心事。

七點零九分，火車遠遠隱現。方駛入站，白色燦陽映在火車黑綠色的車廂背後。學子們等著火車停妥、車門開啟的那一剎那，爭搶一席之位。

我也曾經是是其中的一人，日日早晨與時間、與公車賽跑，為的只是及時登上那一班列車。

雙連……竹圍……五十分鐘後，火車在淡水入站。

火車在軌道上慢速行駛，靠站，車門乍開，踴躍出年輕的亮麗身影。下了火車，各方湧入的學子，滿塞學府路上，然後踏上一百三十四層階梯。腳上風光耀顯，球鞋、涼鞋和時髦女鞋，腳步急緩，是人生起跑的另一開始。如果能夠站遠一點，拿著望遠鏡頭，將所有的聲音、步伐、話語，和一張張跳躍於生命樂章的面龐網羅入鏡，那將是一幅絢麗複雜的人生畫面。

日過月來，月去年盡。當四年逝去，才突然明白，原來是每日準時靠站的火車，將所有的歡樂記憶與悲傷回憶網羅於它黑綠色的大肚腹，讓人徒然佇立於遙遠的他方，揮手道別。

多年過去，等火車的景象根深蒂固地在心海生長著。年歲更替的時節，往日與眾爭位和等火車的情緒，總自然地跳出軀體，像模糊的影子，一點一滴地畫上彩墨。

等待清朗明現，方才曉悟，原來我一直站在車廂內，隨人群擺盪。一直站在熙攘的人群中，如果剛上火車就沒搶先一步佔到位子，到了終點仍是立足而站，因為大家的起點與終站都是相同的。

宮燈道上，昏暈的燈火曾伴詩聲滿天，遙響天際。在古老的天穹吟唱古老的詩歌：「庭中有奇樹，綠葉發華滋；攀條折其榮，將以遺所思。」一唱吟西班牙詩歌，與詩人分嘗詩詞裡的歡樂和悲愴：親愛的朋友，不要煩惱前額的皺紋；我和人是和睦相處的，只在內心與自己交戰。

那時節，不愁吃穿、不吝花費，物質生活充裕，離體悟民生疾苦甚遠。課堂誦讀古籍，下課後則優遊於新上演的電影和時裝、迴旋於愛情的圈圍之中。

恍記學期末，英會老師問我們，平日做些什麼。大多數人回答的是吃喝玩樂，一副人間閒人的模樣。那是青春的縱遊，亦是青春的擲盪，是成長必經的歷程。

入夜後的淡水，揭去面紗，露出歲月流逝的滄桑。

即便現代建築和娛樂設施相繼佔領淡水，角落裡，淡水這個用歷史畫眉的小鎮，仍舊無法掩飾她即將逝去、隱沒的悲涼。

黑黝的暗巷裡，百年牆沿微微沁著水漬，朋友說是潮溼的水氣，古老建材都是這樣，況且淡海就在眼前。我卻說那是建築哭泣的遺痕。

誰說磚瓦沒有感情。

巷尾賣小火鍋的人家，聽說是荷蘭人佔領時，和本地人所生的後代；立在寒風中，撿翻炭火烤玉米的，聽說祖輩曾在西班牙總督府邸幫傭，見識過歷史的斷層。

賣菜的、捕魚的，甚或火車站裡收票根的，他們的往日與回憶，都和這塊土地在時空的某處交會。

巷頭街尾，淡水抹不去歲月蒼涼的鐫琢，像悶在胸口未吐出的氣，鬱鬱難解。

淡水街尾往淡海方向的小山丘走去，紅磚建砌的方形建築默然挺立。扶梯登臨城上，遠眺淡水河，戍臺落日；菩薩側臥，觀音化山。雲霧籠罩處，是歷史目目催逼。

即臨離去，碗碟是情，壺杯是憶

城堡女主人站在堡頂，海風頻頻吹拂，穿透牆髓與壁縫，該是何等心情。

異邦的女人，困在異質的文化與語言氛圍中，門牆倒塌，該是何等悽涼。同是女人，欲取一方疊帕，拭去她的不安與無奈，或許還有淚珠。

歸鄉是喜，驅逐是悲。悲喜之間，是人生無常的喟嘆。

踱下紅毛城，往深山行去，是一連串富麗的歐式庭園。山海就在極目處，遠避塵囂、悠佇近天的山巒，平靜寧和，讓人不知身在何處。

地圖上，這方蹲居臺灣北部的小城，並沒有佔有許多的空間，在群起的都市鄉鎮裡，她也不是最醒目之地。

躺臥在她懷抱裡的，盡是諸國異調的混合。一年四季溫暖、潮溼、陰冷的氣息中，她的陰影無處不在。

走一趟淡水，暗巷冷道間，都有讓人不忍拭淚的悲涼。

拿起釣竿，懸在空中。魚兒掛在魚鉤上掙扎。生死一線，倘能逃脫，又是優游一命。

淡海邊，渡輪的船身斑鏽如腐，乘船的舟子往來兩岸，全然不知被海底吞噬的驚恐。渡輪往返，年年如斯。

幼兒長成，女兒出嫁，老耄將至，新命又起。

臉上風刻皺紋的漁人、船夫已不多見，聽說已是沒落的職業，年輕人已不耐久居舊地，紛往臨城發展。

近年來，淡水已失去印象中的風貌。

舊有房舍拆了，街燈換新，大樓別墅高築，賭場明暗林立，打個手勢，隨處可見城市裡慣有的烏煙瘴氣。

聽說，自從淡海線火車停駛後，屬於淡水的都已頓然消逝。

老喘的氣笛聲連同她殘破的身姿，隱沒在記憶與歷史的黑暗處。淡水像是戴上新面具的老婦，擺弄誘人的身姿，招攬文明憐惜。殊不知文明正張大口齒，盡情撕裂她原本姣好的面貌。斑痕累累的面目、五顏六色的脂粉，妝扮成一尊看似美麗的雕塑。

秋近，冷風刮面。現代道路將淡水懷舊的情懷一掃入海。

想起紅毛城將離的異邦女人，我們似乎在諷刺的軌道上說再會。

海風澎湃，不知該吟就「跨馬出郊時極目，不堪人事目蕭條」抑或「飄飄何所似，天地一沙鷗」。

往日群奔山頂學府的同伴，均已打散，融合於被文明撫慰的行道路上。

已有年歲的淡水線火車沒入歷史，捷運系統迅速行駛舊有的路線。走進明亮的捷運車站，無一物相似，匱乏睹物思情的舊跡。等車入站，益發懷念那陳舊的車廂。

現代文明毋寧是殘忍的，為了前進，不惜犧牲負重經年的啟蒙者。

文明洪流中，我非唯一遠颺飄浮的海鳥，努力飛遨藍天，尋找回憶裡相識的面孔。

異地歲月，與稅爭錙、與薪計酬，孩子的成長和自己的年歲，在繩的兩端相互鬆綁。

為了生存，我因而學會粉妝，也因而懂得淡水必須剝去老舊的鱗甲、重新仔細妝點流行容顏的唏噓。

旅行筆記

一

一群建築人北上到印第安納州紐哈孟尼市，據說那兒有些大師的建築物，這些以建築為業的人趁假中得空結隊旅遊，也實地領會大師的經驗流傳。

我這個門外漢，不像他們可以根據學習所得歸結心得，屬於我的是直覺，建築物的外形、用色和首入眼簾的印象。

此行主要的目標是一棟純白色建築的博物館，輪船造型的屋架，遠觀時像是一艘遨遊於草海的孤船，因為寬闊平野上只有它這一棟建築物。雖然外部的白色鋼條有種拒人於千里之外的冷漠，但這棟現代建築，卻有股平安祥和的感覺，源源自內部散發出來。

我們走過一樓的販賣部，賣的都是些印有當地名稱的T恤和藝術品，陳設與一般博物館無甚差別。

走到二樓的展覽室，才算開了眼界。原來此位建築大師不僅設計建築物，也愛設計家具。我最愛其中一間只擺了一張椅子的展覽室，室內空闊，只有一把椅子，狀若沉思，任誰靜坐，都是一部可書寫的人生小說。

據建築人說，此位建築大師以設計符合人體曲線的家具見長，那把椅子便是有名的造型設計。

走出封閉的內室，船甲板是一片空曠，立在船頭，山在遠邊，風吹過髮際，鄰近的草地上有三、兩隻野鴨在行走著，啾啾的鳥鳴在天上響著，遊人稀少的船上格外寧靜馨香。想起以前在大學時，學校也有一座類似的建築，或許睹物思情，才對它有一份熟悉的感覺吧。

離開船艙，準備離開此城，卻在途中不意發現了一個花城。

花城隱匿在城市內部，典雅幽靜。既然來了，又是這麼一個花香怡人之處，不去看看，似乎有些不近人情。

遠遠地便瞧見盆栽和花叢立在以原木相隔的花架上迎風招展，路的盡頭是一處土窯，手工烘焙的粗胚靜坐架上，和遊人進行一場沉默的心靈交流。

土窯前有一個蘑菇模樣的涼亭，中央掛著一個鐵棕色的大鐘，遊客在這種肅穆的氣氛中，都很自然地降低說話的聲量。

坐在圍在鐵鐘四周的木椅上，靜默成為彼此共通的語言。領受四方風塵，我將心胸開敞，讓大自然與藝術的元素沖貫俗體。

我飄然欲飛，恍若這種心靈平和是長久以來就想領會的，而今不期然相遇，只有歸諸宿緣。哼唱一首暮鼓晨鐘的詩歌，成就此行圓滿的尾聲。

記得有回和公婆帶著兩個兒子去松柏嶺參加年度廟會，人潮澎湃，舉足難立。我們全家四大二小手牽著手，細步往前行去，最後擠上了一個掛有大鐵鐘的亭子。

公公指著山下，告訴我的孩子們，山的下面，火車嘟嘟嘟走過去的地方，就是彰化，是另外一個城市。

我的孩子們久住美國，難得回臺探親，人來人往的熱鬧廟會攫取他們好奇的心，不懂得彰化、南投這些地名和它們之間的地緣關係，倒是對那口鐘特別有興趣，把整個人塞進去都還有空隙。

拿手摸摸、敲敲，還用兩隻手環抱著，看能不能抱滿它，兩個人玩得不亦樂乎，絲毫不理會周遭的吵雜與熱鬧，自成天地。

一口鐘，也能帶來全心的喜悅。

駕車離去，州際高速公路兩旁單調的景色重現眼前，那口鐘沉穆的氛圍卻牢牢繫在心底，像有條絲繩牽引著一般，頻頻回首留戀。

二

決定往南去旅行時，朋友屢勸，出了城，都是些鄉下地方和鄉下人，頻頻囑咐我們要當心些。鄉下人不比城市人講道理，凡事都要小心些。

南行之旅，並無特定目的地，純為兜風賞景，在繁忙的日常生活裡尋找純樸與舒適，並不期望處處能與文明世界相符。

我們的居住處，甚是方便，買菜、逛街或餐館、郵局，都在十分鐘車程之內。出門不是車與人，就是人與車。而南行的道路，一越過城市的標示牌，就變得又長又窄。漫長的道路，綿延無盡，坐在車內，頗有不知過了此村是何鄉的孤寂與荒涼。

路長車稀，行駛近一小時，公路上的車輛逐漸稀少，到後來路上只剩下我們這部車。

道路兩旁山連山、峰接峰，行駛好長的一段距離，才看得到一、兩棟獨立在蔥鬱樹林中的屋籬木舍。

屋子四周尋覓不到絲毫城市的味道，沒有加油站、速食店，沒有超市與大賣場，沒有人車鼎沸的油煙，放眼望去，滿是青翠的草原。放牧的牛與馬，悠閒地走在草野上低頭吃草。風吹過，草地迎風飛揚，一片片似海的牧野紛紛往後伸展。

天蔚藍，寬廣無際。站在草野上方，碧藍與翠綠，北朝民歌：「敕勒川，陰山下。天似穹廬，籠蓋四野。天蒼蒼，野茫茫，風吹草低見牛羊。」頓時浮上腦海，眼前的景象，不就是詩裡所描繪的嗎？

安靜的房屋、緩動的牛馬和急駛的草樹，住在這樣與世隔絕的環境裡，合該有個恬淡的心境、不憂愁的胸懷，以及吞吐一江春月、吟誦滿堂詩書的閒適。

秋天，是樹葉開始轉變、準備新生的季節。樹梢橙黃、駝紅、暗紫，遠觀宛若一幅色彩濃厚的油畫。

再往前行駛，樹漸稀少，然後是兩邊開山的痕跡。瓷白灰紋，岩石凸出，被火藥炸過、被刀斧砍過的，夾在茂盛的叢林間，特別有一番觸目驚心的駭動。

在一處明顯是鄉鎮中心的村落，我們停車加油，順便買點東西裹腹，並詢問未來的路程方向。

在這個小村落裡，我們是來自異邦的陌生人，大人朝你瞧、小孩朝你望，走在店裡，都有人盯著看，每個人的眼眸裡載滿迷惑與懷疑。

店主戴著一頂西部牛仔帽、身穿牛仔吊帶褲，找錢時也不避諱地拿兩隻眼睛直往我們身上猛瞧，彷彿我們是外星人的怪模怪樣。即使我們已經出了店門，還能感覺到背後那一堆咕嚕嚕的眼睛。

踏出門外，我們很有默契地加快腳步，往車子的方向走去，畢竟我們是外來客，彼此陌生，還是處處小心為妙。

突然有個粗粗厚厚、餘音留在喉嚨裡的說話聲，在我們背後響起：「你們要找的路往東走，碰到第二條路左轉之後……」

回頭一看，店主還是一副不苟言笑的冷漠表情。

我們相視，會心一笑，笑文明的太多心。

秋風瀟瀟，雨也瀟瀟，回程已是天黑。

天黑的路，尤其是鄉間的路，悽惻詭涼。

靠兩盞幌幌的車燈和收音機裡藍儂「Let it be, let it be」的沙啞歌聲，駛回原路。

當車開入城市的標記，各個店家的通明燈火迎面而來，我們不禁敞開喉嚨高呼。

當我們回想這一日之遊，店主那頂藍色的寬邊帽子讓我們印象深刻，十多年前《城市牛仔》那部電影裡，約翰・屈伏塔就是戴相同款式的牛仔帽，開著卡車離開鄉下，到城市尋求發展的。

我們今天也算是遇到一個牛仔了。

三

初到美國，開車去最臨近的大城芝加哥玩。車在芝加哥城外半小時的車距，即能感受到屬於現代化城市先鋒的焦迫。

擁擠不相讓的車陣，喇叭聲嗚嗚作響，煙霧瀰漫的污濁空氣和高聳入雲的現代建築，在在提醒入城的旅人，這是一座熱鬧的城市。

我們在底樓排隊買票，排了兩個小時，才搭上高速電梯，登至席爾思高樓頂峰。小孩子們東竄西跑，大人們專注地在高倍望遠鏡中遠眺芝城風景。

高，是現代化城市的指標。芝加哥的建築物與行人的腳步，都有著行色匆匆的印記，我們穿梭在高聳入雲的建築物中，只覺得看不到天上的雲，腳下看到的全都是黑黑的影子。

吸滿了煙塵後，再踏入現代高樓和百貨商場、上班大樓等建築物環繞兩側的密西根湖畔時，我方才重重的吸了口鮮涼的空氣，這裡真是個好地方。遊人步伐緩慢，孩子們在廣場上餵鴿子，歡笑稚語此起彼落。

走出天文臺，再到水族館，父母牽著孩子的手、指著在水裡游泳的大烏龜，孩子清朗的笑聲感染了站在一旁的我。

我在心裡對自己說，回到家後，我也要生一個可以帶去動物園或水族館，指著告訴他那是水獺、這是螃蟹的可愛小男孩。

坐在湖邊，遠望湖對岸的城市，頗有一番須加緊腳步的、倉皇的文明催逼情緒，此時我可以逃躲，自醉於四周的舒適，但回到文明的懷裡，將不會如此閒散。

夜裡，我們匆匆搭上電車，欲回旅店，發現車上坐著幾個黑人乘客。我們面面相覷，靜靜地坐下，等車到站。

預定的車站呼嘯而過，男生有人說坐錯車，我們坐到了快速車，有很多站不停，我們那一站恰是其中之一。

憑藉旅遊叢書簡介，我們知道車子已進入芝加哥最混亂的黑人區，每個人的心上有如掛著銅鎚，不敢再往下想。車一停站，我們快走至對面等車。

其時，候車站裡已有幾個黑人。我們每個人靠得很近，離那些人遠遠的。咚咚的心跳聲，在寒冷的芝加哥冬夜，聽得格外分明。

期盼中的電車終於靠站，魚貫上車之餘，我們也留意到，同在等車的黑人並未上車。

上車坐定，電車駛離，背後那片黑暗區離我們越來越遠。當市區的燈火微微地在不遠處閃亮，我們都鬆了口氣。

我回頭看已不見任何影跡的後方，心裡有種莫名的不安。似乎有某種屬於人類的東西被遺棄、被遺忘，在城市的縫隙裡，苟延殘喘的吐氣、呼氣著。

沙漠之戀

站在燠熱發燙的沙漠中，汗水滂沱流下。斗大的汗珠像是最後的珍藏，小心、費時地擠出一大粒，才捨得墜落。然後再眼睜睜地看著它瞬息消失在寬廣無際的沙漠裡。沙漠彷彿久行的旅人一般，早已被酷陽燒烤近焦，口渴得緊。

透過攝影師的鏡頭，圖畫書裡的沙漠，總是一片金黃。滿天鋪地閃閃發亮，好像用雙手一撈，都能滿載黃金。太陽立在高高的天空頂端，熱眼張望。一隻孤零零的駱駝載著一個滿披風塵的旅人，遲步緩行於平滑柔順的沙野。

孤獨與不知前程盡頭的茫茫疲憊，是行走沙漠最基本的認知。這個淒美的沙漠圖樣，很早就刻印在腦海裡，畫冊裡的、電影裡的和想像中的，既唯美又純淨。除了身體的倦累，還有饑渴的鞭笞，也錘鍊著人類的耐性。

或許就是因為沒有行走沙漠的真實經驗，所有的未知便呈現出完美動人的想像，以滿足慾望的需求。

巴席里斯克這個妖怪，溯源自中世紀，傳說是一隻黃色羽毛的公雞，有著帶刺的大翅膀，一條如蛇的尾巴，尾巴端頭還帶著鉤子。這隻可怕又醜陋的妖怪，據說就住在沙漠裡，沙漠就是牠的家。

也有傳說說，是牠造就了沙漠。

沙漠塵粒沾滿牠的毒液。禽鳥停棲，沾著毒液的細沙穿腸而過，旋即死去。能找得到的點滴水流，也不知毒死過多少口渴的旅人。沙漠是牠的地盤，入侵的生人活物都逃不過牠的毒液侵蝕。

這樣的沙漠充滿詭譎和死亡的威脅，缺乏臆測與幻想。距離想像太過遙遠，絲毫沒有親近的意圖。

一襲繡有花朵圖樣的寬袖白長衫，遠處是與駱駝相立而望的旅人。被風捲掠過的沙漠，翻撩起波紋壯闊的圖案。

三毛書冊的封面，點明作者與沙漠息息相關的訊號。

三毛去世很久了。她的沙漠，是她親近可愛的家，她在那裡與巫師、與鄰人、與丈夫、與她的夢想共同編織了一個美麗的童話。

雖然公主與王子的結局不是喜樂收場，但是三毛的沙漠，卻帶給我們那個年輕時代綿長的嚮往。讓人恨不得背起行李，揮揮衣袖，騎著駱駝餐風露宿，逃避現實，到遙遠的撒哈拉沙漠圓一個淒美的冒險夢。

那一年晚春，三毛要到學校演講的消息一公佈，轟動了整個校園。開講前三十分鐘，演講廳早已坐滿人潮，癡癡等待從沙漠來的旅人。三毛說話聲音輕柔，有初見外人的怯生。

她講了些什麼，這麼些年過去，早都忘了。倒是有幕景象觸目驚心，甚難忘卻。即使過了這許多年，那種深刻，想來依舊心悸。

班上一位女同學，學著三毛的打扮：兩管長辮子、瀏海、一襲斗篷，並站起身來用幾乎是「雙胞胎」的三毛語氣提問，連該停頓、該撩髮的細節，都百分之九十九點九九的相似。套用現今的用語，真的是一個本尊，一個分身。流浪這般美麗、夢幻的願望，在那位女同學說也要去撒哈拉流浪時，瞬間瓦解。

如果愛慕一個人，會如此不惜丟棄做真實自己的樂趣，還是不要愛慕來得好。可能是害怕有朝一日，自己也會像那位女同學一樣，複製成另一個三毛的分身，模糊難辨哪個是真我，哪個又是假我，驚悸之餘，三毛的書自那天起即束之高閣，開始與蜘蛛網和灰塵為伍。沙漠與流浪的天方夜譚相繼絕跡，直到三毛自殺死去，基於懷舊，才又紛紛出籠。

電影《遠離非洲》，偶像勞勃瑞福駕飛機載著梅莉史翠普，遨遊蔚藍無邊的天空，眼底是一片褐金色的沙漠。電影說的是兩男一女的愛情牽扯。

沙漠的蒼涼映照兩人戀情的糾纏，同情之淚輕易掬然而下。是與非變得不是那麼重要，只要兩人能攜手共看沙漠中沉淪的太陽和悠清的月亮，戀情帶來的錯愕與人言籍籍，都是雲淡風輕、不值一顧的。

電影放演隔年，我就和相愛的人乘坐七四七渡海過洋。行旅中多少有些流浪的蒼茫意味。此出陽關無故人，只有手牽著手、名為夫妻的兩人，相依為命的感受油然而生。

出了洛杉磯，等待轉機。航空人員的英語響遍機場，對剛剛才將英語當作日常用語的新美國人而言，每句話、每個聲音聽來都無甚差別，實在受罪。

直到登機門前空無一人，直到左右空蕩，而登機的時間已迫在眉睫，卻不見飛機的蹤影。再蹩腳的英語，臨到關頭仍得出籠。比手畫腳，筆談兼口語，才曉得原來換了登機門。

拔腿飛奔於人影漸多的機場廊道，氣喘吁吁地落坐，一顆噗通通的心和倦乏的雙腳，很快就將睡蟲邀來。慕名已久的沙漠，不久後就在腳下倏飛而過，卻無緣相見。

電影《英國情人》裡，寬闊的紅沙漠初現眼簾，吸引全場的目光。由近而遠，鏡頭慢慢拉開，一架飛機穿過螢屏。

隨著黃紅色調的鏡頭血脈賁張。飛機機頭栽入沙漠，起火後救出的是面目全非的男主角。

這一幕赤裸裸的劇情，將對沙漠僅剩的懷想撕掠殆盡。

那簡直是一座吃人的沙漠！

真是回應了中世紀的傳說咒語。巴席里斯克的毒液沾上機身，奪走急欲逃脫的生命和戀情。

掙扎，是我在這部佳評如潮的電影裡感受最深的。

掙扎於不倫戀情的偷歡、掙扎於逃離沙漠的遠端藏匿。

如果戀情在碰觸沙漠時，都必須與掙扎為伍、以死亡終結，沙漠的誘惑便帶有幽魂的陰影和宿命的悲涼。

朋友提議結伙去內華達州旅遊。

那裡有現代繁華的賭場和遊樂區，金碧輝煌、目不暇給。那裡也有古老的荒涼沙漠，渺無人跡，唯有風塵連天。沒有駱駝可騎，但有四輪引擎帶動越野車。

聽我說起三毛和巴席里斯克，還有兩段從電影看來的沙漠絕戀，我被貼上道聽途說和庸人自擾的標記。

旅行團出發了，帶了信用卡、支票和興奮、緊張。他們說，此行西去，一路渺無人煙，將是一段刺激冒險的流浪之旅。

人聲鼎沸中，車輪轉向西方轟轟行去。

我的腦海瞬時浮現一幕幕沙漠多變的瑰麗和隱藏的處處危機。

依舊沒有機會踏上沙漠的土地。

或許由於好幾段緣由作祟，巴席里斯克更像一抹尾隨不斷的陰影，讓我相信，沙漠僅可遠觀不可近玩。

朋友們平安歸來時，紛紛譏笑我的膽小。他們都安然無事了，可見我的憂慮不僅是多餘，甚且可笑。

可笑，我自己也覺得滿可笑的。

但人生的況味，不都在可笑與臆測中悠然過渡嗎？

漂浮海域

海水波波推動，方與陸地接觸，旋即揚長而去。靠岸的地方留下擁擠的泡沫，宛如一張還沒擦乾淨、沾有洗臉皂沫的臉。

我將雙掌合攏，造一個象徵溫暖的家，與水相觸，緩沉水底，盼能撈起一群群活蹦亂跳的小魚。看牠們在掌心游來游去，仔細揣量鰭、尾擺動的角度。就像小時候一樣，將手放入水中，隨手一撈，都是滿艙。

不意跳入掌裡的，並非盼望中的魚兒，反倒是一層抹不去、在太陽照射下閃閃發亮的薄油。

周圍的孩子們捲起褲腳，高高地拿起捕魚網，往水中走去，看準目標，將網撲向水中。此起彼落，為的是網中海裡的魚，誰抓得多，誰就比較厲害。

憑著短暫的零落歡呼聲，幾乎可以遽斷，入網的魚兒並不多。不曉得是因為多年來被捕的訓練，魚兒變聰明了，還是大環境丕變，魚兒變少了。

「魚兒魚兒水中游」，與清朗地浸透海水的諸多舊憶，竟難追尋。

赤腳站在沙灘與海水交接處，抬眼瞧望遠方即將沉沒的太陽，頓時對這片空間有種熟悉的陌生。

記憶中來過野柳兩次，都是年稚時跟著家人一同去的。

原始未規劃的遊樂區行路顛簸，需將兩手分握在大人手中亦步亦趨，才不會不慎滑落，被大浪捲走。印象裡，從入口處到女王頭，要走好長好長的一段碎石路，走得小腳乏累，中途便被大人抱在懷中，頂著海風前進。

海風呼呼的吹著，吹得人必須閉起雙眼，僅僅露出能看到前路的眼睛細縫，還得不時伸手揮去黏在臉上的細沙。

在細沙堆裡挑揀貝殼，清澈爽朗的海浪猛撲腳踝，與同伴乖著海風踏浪疾馳，同沐海天。蜂巢狀的石頭、美味的小吃攤、遙望無際的海與天，這是我對野柳永恆的美麗印象。

脫離童稚許多許多年後，重遊時已是大人身。人景皆非。當年握在父母手中的小手，已經成長茁壯，得以握住另外兩雙小手。日移月轉，世事多變，維持原貌而不變者，幾乎令人難以置信。

綠竹架起段段相連、可跑可躍、不怕絆倒的平整石灰路，取代了以往凹凸不平的碎石路。

孩童不必牢牢牽著媽媽的手，女孩不用攙扶著男孩，跳跑間即走到海邊。

海水還是寬廣無際，天空還是觸手不可及。

海水捲起千堆浪，浪聲濤濤依舊。漂浮在這片海域裡的，是歲月蜷伏的奧祕與緘默。

去海邊的路上擺滿各種小吃與藝品，印象與幼時無異，但多了些現代食品。小吃攤中西並存，舊式零食中不難發現熱狗與漢堡包。

炒田螺和烤魷魚仍是小吃攤的主流。黑亮亮的田螺，嘴巴往螺口吸吮，一陣陣鹹辣麻酥嘴唇。烤魷魚已有沙茶麻辣與甜酸多種新鮮口味。讓兩頰咬嚼至酸疼的傳統炭烤，和魚網形狀、薄薄一片的甜膩口味，最能滿足口腹之慾，思念更加重了喜愛的程度。

戴帽子以防風吹日曬的阿嫂頻頻叫喚催買，攤子上琳瑯滿目，小雨傘、小貝殼、以竹編織的小亭，還有久違的鎮在冰塊中、綠色玻璃瓶裝的彈珠汽水。

一聲「啵」的脆響，然後猛然搖落瓶中的彈珠匡匡作響，那是童年最快樂的聲音。

立在海邊的頭形石柱不復往日風貌。

巢窩狀的石塊擴大、斷裂、破損，有的尚且石非石、巢非巢，面目難辨。幼時遊覽，最愛站在女王頭前，摸著她的臉龐，擺著一副「到此一遊」的姿態拍照。

而今臨就，卻不忍撫掠，彷彿手掌的接觸會剝落她業已斑駁滄桑的容顏。她是日月蠶食生命的一面鏡子，對照來往人群的前世、今生與來世，不忍卒讀。
海水的原色蔚藍，是誰以烏油黑墨餵食它，讓它難以下嚥，嘔吐物隨海水漂浮至岸邊，還有大小不一的塑膠袋，又是誰忘了帶走，大海無法咀嚼，又將其拋留？
十指盡其伸展，驀然發現，手指間亦無法逃離油墨的入侵。
海水無法負荷時光流變中環境惡化的殘留物，只有發出沉沉的顫音，隨著海域漂浮流動。
圓弧海線停泊著一艘艘大小船隻。「夜這麼黑，風這麼大，爸爸捕魚去，為什麼還不回家。」捕魚人的家建築在深廣不可測的遙海天際。每波浪起濤湧，都是生命的起點。
曠世哲人亞里斯多德說，這個世界是個循環的世界。
小河入大川，大川入巨海，陽光照射水面、蒸發水氣，河川乾涸，蒸發的水氣凝聚成雲，雲重化雨，重新潤澤河床，反覆的流程，闡述著多重的世界與生命。
滄海可以變桑田，桑田也會成滄海。照哲人所述，水的抽象與具象，儼然是一部生命史。
西元前五、六百年，亞納亞曼德更認為，最初的生物來自海水，隨著退潮而留在陸地的海中生物，與空氣接觸後學會呼吸，而後成為陸居生物的先祖。
波赫士《想像的動物》中記載，神祕主義認為泰初時期只有水和泥漿，地球是後來才輾轉形成的，而其中最主要的組成元素就是水和泥土。

如是之說，維持生命，地球的生命，海洋既是始，也是終，是最寶貴的資產。

夏末海風燥熱中滲有陰涼，沿額流下的汗水沾滴入口，與海風一般溼鹹。新建的涼亭肅立小山頂端。舉目遠眺，夕陽神采奕奕地輝映著海面，亭下的人影追趕跑跳於巨石之間。

孩童抓捏躲在石縫裡的毛蟹與小蟑螂，玩笑地說著從電視中學來的火炸野味，具有高蛋白質的常識。堵著兩邊的出口，小海蟲來來往往，卻只有碰壁，最終只好豎著觸角投降，任人嬉弄。

黃昏時分，海岸離棄了多具捕魚網。人潮漸減，太陽已走至落幕中途。

沿著綠竹石路亮起一盞盞的鵝黃燈影。曾幾何時，野柳也開放夜遊了！

夜晚的遊客以情侶居多，身影依偎同走，「月圓人圓」的祝福，不禁脫口而出。

經過小吃攤，戴帽阿嫂聲喉沙啞地喊著價錢與貨品。我開啟皮夾，遞出二十元，再買一個屬於童年的綠色記憶。

拿起綠色玻璃瓶，用朝聖般的情緒，小心翼翼地開啟瓶蓋，等待那「啵」的響聲，然後慢慢地嚥下冰涼的汽水。

現在與未來，在這片飄浮海域撞擊。自百萬年前至百萬年後，持續相同的姿勢，分開、撞擊，再分開、撞擊……

暗色侵襲，陽光在背後越走越遠。蜂巢狀的石柱、女王頭及拍打石岸的海濤，再次走入記憶囊庫。

漫行綠竹道，低迴吟唱一首《憶童年》。人生到處知何似，應似飛鴻踏雪泥。

此番別後，我將似飛鴻遨空，遠行他去，漂浮於人生海域。

相逢，期待有緣了！

虛構人間

拉斯維加斯這個沙漠裡的大鑽石，擁有紙醉金迷的誘惑力，像個巨大吸鐵，以美食、金錢、絢麗的燈火，將五湖四海的人聚集在燈火之下。

她迷惘的眼神，在陽光的照射下，越發顯得神采奕奕，以致讓人忽略了她的本來面目。

走出機場，像是走在火焰山上，整張臉頓時發燙。

熱氣化作最微細的分子，滲入空氣，隨著氣流穿襲，滲入皮膚內層裡熊熊燃燒。吸入的氣體是燙的，在體內輪轉後，自嘴裡吐出長長不絕的濁氣。

我感覺有某種不知名的東西，從四面八方湧來，直接從體內抽取水分。我的形體逐漸萎縮，萎縮，幾近窒息。

終於，接駁巴士靠站了。

一轟而上的人們，迫不及待地搶位子坐下。

直灌而下的冷氣，紓解了剛才所有的不適。

司機先生操著帶有墨西哥口音的英語，歡迎旅客光臨拉斯維加斯。

我臨窗向外，彷彿正經歷著一個不可思議的空間。

帶著歡喜的心情而來，怎料到期待中的興奮，竟因為酷熱的天氣而被磨滅。

當小巴士停在停車場上，乘客魚貫而下，撲面的焚風再次提醒著，腳上踏著的土地才是真實世界，不是旅遊雜誌上美麗的圖片，也不是網路上驚奇的文字。親身體驗後，我才願意面對，這就是目前即計劃前來的拉斯維加斯。

身體處在兩種極端之間。

室內冷氣颼颼，若寒流過境，室外熱火攻心，有如身在熱鍋。冷熱交相逼，臉上逐漸出現層層剝落的皮膚屑。

這到底是怎樣的一個世界？

為什麼人潮總是絡繹不絕？

是為了賭一場運氣，還是要見識鬼斧神工的奇蹟，抑或純粹只為了滿足一時的幻象？

沙漠裡的鑽石，真是一顆亮晶晶的鑽石嗎？還是只是徒有其表的一顆碳晶石？

我背著相機，穿梭於以假亂真的自由女神與巴黎艾菲爾鐵塔、威尼斯與阿拉伯，以及希臘和埃及之間。迷亂的方向和紙醉金迷的臉龐，已混亂了我的視覺和聽覺。

如果這樣一個模擬的世界能將宇宙濃縮，那我們還需要千里迢迢，以為理想、為增長閱歷之名，跋山涉水而來嗎？

白日黑夜，人行道邊永遠站了一群群墨西哥臉孔的男男女女。他們手裡拿著一大疊姿態萬千、穿著清涼的美女照片，像在兜售珍寶般，在過往行人面前虛晃閃過，然後在手裡輕拍一下，繼續引誘下一個經過的人。

他們手勢流利，就像訓練有素的魔術師一般，隨便一抽，都能亮出一張漂亮的牌。五光十色的不夜城，不盡如她外表的亮麗與光明。角落裡，總存在著為繼續生活、為延續生命、為跳動呼吸的脈搏，以身體作為營生工具的女性。

我不是他們狩獵的對象，眼尖的我，仍能嗅出藏在牌上的春光背後的賺錢技倆。曾經有三個十餘歲的年輕男孩，惡作劇般地把牌亮在我面前。我早已識破他們的詭計，擺著一副不可侵犯的嚴肅臉孔，不將他們放在眼裡。

三人見我的模樣，也覺得好笑，似乎我的反應早在他們意料之中，三人相視，仰天大笑。在他們回眸的眼神中，讓我驚訝的是，我竟然看不到一絲絲的愧疚、不堪、罪惡的表情。取而代之的，是一張張無辜的面孔。彷彿我的反應是一種可笑的舉動。

這個發現非常震撼我心，連連自問：「為什麼，為什麼？」為什麼我視為醜陋的，卻是他們不以為然的？究竟何者是「是」，何者是「非」？

越走越遠，日光曬紅我的雙頰。天上和地面的熱氣，讓人熱不敢當，我的心思卻仍停留在背後的圖卡風光。眼前也有一長排拿著美女圖卡的青少年，正攤著笑臉，望向我們這一群遊客。

我住在燈火輝煌的飯店裡，享受著視覺與聽覺的極致。門裡是有閒暇和閒錢度假的旅客，門外是為生活苟喘的下層社會移民。

想起自己十餘年前來美國，雖然也度過一段緊衣縮食的歲月，然而當時臺灣經濟正值顛峰之際，並未吃過多少苦。

我們四、五年級生這一代，比起之前出來的留學生，物質和精神生活都好太多了。他們當年坐船坐到暈、坐到吐，每個人身上都壓了好幾張當票和債務欠條，時間被學業和打工塞滿，生活除了賺錢之外，就是苦悶。難得打電話回家，遑論回家一趟了。之後的六、七年級生，境遇也比我們好太多了。他們根本沒有打工的念頭，腳一落地就買新車，寒暑假一到，搭上飛機就回臺灣。

夾在中間的我們，要上不上，要下不下，尷尬地在中間地帶省小小的錢、花少少的鈔票，享受細細微微的樂趣。

異地人生，也就在比上不足、比下有餘的隙縫裡倏然消逝。

十餘年過去，一群一同出來的留學生，大部分都回臺灣了，在臺灣經濟的大起大落中，品嘗大得與大失的滋味。

小部分留在美國的我們，依然自足於每個月固定的薪資，然後在每年報稅的時候，痛罵一番「萬萬稅」的辛苦誰人知。錙銖必較，或許也是每個中產階級的特色之一吧。

到阿拉丁飯店體驗中東氣氛。陰暗的街燈下，是仿古阿拉伯時代露天商場所設計的現代店面。想算命嗎？包著頭巾、閃爍著眼眸的塑像，在電力牽引下，轉著頭，吸引你投下錢幣。

號稱最美麗、豪華的威尼斯飯店，建築外表即以高雅素樸的設計明白告示，她來自擁有藝術優勢的義大利。小河彎彎，船夫搖竿而上，一曲《O Sol Mio》贏來遊客如雷的掌聲。

我的眼睛悠悠地跟著船夫的背影，耳畔響起莎拉‧布萊曼美妙的歌聲。眼前美景如畫，是耶非耶，我是在夢中，抑或是夢走入我的夢裡。

從燈火輝煌的拉斯維加斯大道走回住宿飯店，燈火亮麗一如白日。

一群人聚在輪盤桌上，一人蹙著眉丟球，其他人則靜目以待。以球贏錢，不知是誰想出的主意。這球或許好玩，卻也玩掉了很多人的家庭和生命。

諷刺的是，輸的人不願認輸，迷信賭運會翻轉。結果是直直輸去，傾家蕩產者所在多有。

隔日清早出門，前夜的賭客依然圍桌而坐，臉上絲毫看不出倦容，手甩號碼球的姿勢依然有勁，看球的專注依然不遑多讓。他們不需要睡眠嗎？抑或麻痺是最好的安眠藥？拉吧臺上的男男女女，守著一個個會發聲的機器，投擲自己的金錢與生命。他們分別用五分錢、二十五分錢換來一陣陣叮叮咚咚，銅板掉落的滿足感。

一個聲響是一個希望。

如果一直沒有聽到聲響呢？

寄託希望於虛空，虛空回擲的又是什麼？

坐在飛機裡，依循來時的航道回轉時，我既不喜也不憂，彷彿過去這些日子不曾存在似的。

艾菲爾鐵塔，再見了！自由女神，再會了！埃及金字塔，後會有期了！威尼斯，或許他日有緣，可再聽一曲《我的太陽》！

時間堆積成生命，腳步重疊成記憶。

我拉下飛機的小窗，闔上雙眼，決定丟棄往日種種於雲煙之下。

轉了一圈，我回到家中，看到離開一周的家，倍覺親切。

當初來美國，純粹是為了讀書，雖然不喜歡她凡是實事求是的行事風格，時日久了，亦逐漸融入她的呼吸洪流裡，成為她的一份子。

當一切都成為時間的階下囚，也就沒有喜歡與否的問題，只有接受而已。

管它背後真真假假，回到現實，是當下生存的法則。
腳下的土地，才是實在的人間。

走在雪的背脊

第一次到底特律機場，長長的廊廈走道極為現代化，單純而不複雜，非常適合凡事只往簡單面想的我在此轉機。下了機，直直往前走，可以找到餐廳用餐，也可以輕易地在電視牆找到下班飛機的登機門，不像洛杉磯和芝加哥歐海爾機場，繁大如迷宮。

走在廊道間，聽不到吵鬧的人聲和奔馳的腳步聲。在這裡，時間凝在旅行者的心上，自行度量行走的步伐，快慢取決於自己，不干涉別人，也不叨擾鄰近的人。

星巴克依然大排長龍，點餐的人多，在一旁耐心等待的人也多；日本壽司店像幅靜默畫，顧客與店員臉上滿是參禪者的笑容；按摩店門口大幅的廣告海報，寫著從臉到腳趾的每項按摩價目，經過時，按摩師還抬頭給了我一個燦爛的笑。地中海餐廳裡一對貌似父子者，眼睛在菜單與彼此的眼神中交會，小男孩臉上詢問的可愛表情，像極了落入凡塵的小天使。

每個腳步、每間店、每個表情，都載有旅行者的心情，而旅行者的背後，是不是也有個感人的故事？

飛往底特律的飛機上，我的座位是靠窗的。上機時，已有兩個小女孩坐在靠窗和中間的位子。我抬頭看了看位子的號碼，沒錯，號碼是對的。靠窗的大女孩約五歲，坐中間的約三歲。那她們的父母呢？我很快地朝四周看了一下。坐在她們後面中間位子的應該是她們的爸爸，靠窗的則是另一個姊妹；與我們同排隔走道的，應該是她們的媽媽，她手上還抱著一個嬰孩。

兩個小女孩無視於我的存在。小女孩嘟著嘴跟大女孩說：「我也想坐靠窗的位子。」

一聽這話，我乖乖坐下，把我靠窗的位子讓給她。

飛機上，嬰孩不停哭鬧，從媽媽的手轉到爸爸的手中。爸爸不停地唱著嬰兒歌。再轉到媽媽的手中，媽媽不斷地哄著嬰孩。一個多小時的航程，嬰孩轉抱於夫妻倆的手上。大女孩專心地看著窗外的風景，小女孩一會兒高興，一會兒鬧嗶氣。六口之家分坐三處，各忙各的事。下機時彼此招呼，媽媽抱著嬰孩走在前頭，三個女孩一手牽一個，爸爸則走在最後。生命得來不易，所謂的一家人，就是這種血濃於水的相濡以沫吧。

飛離底特律的班機上，我的身邊坐著前往日本京都探望兒子的美國婦人貝蒂。

知道我和她一樣，也是獨自飛行，兩人不禁相視而笑。不同的是，我回臺灣探視父母，她則是去看孩子。貝蒂一直住在底特律，若非二十二歲的兒子在京都學日文，她從未想過自己會到亞洲這既遙遠，文化又不相同的國家。

「想不想穿Kimono？」

「當然想，但我丈夫說，除非日本有特大號的。」

她的身材是滿壯碩的，穿起和服來固然沒有日本女人的溫柔婉約，說不定會穿出「American Style Kimono」，帶起美式和服的潮流風。

她一聽此言，像個大女孩般爽朗地笑說：「我不敢想！但我一定要試一試！」

不交談時，我讀《六祖壇經》，她讀《穿Prada的惡魔》。我們各讀各的書，偶爾抬眼互聊幾句，然後又再度回到各自的書海中。

不知何時，機內乘客紛紛打開小窗望外看。開窗的人越來越多，人人側身向外，那一致的動作，引起了我和貝蒂的好奇。於是我也打開左側的窗子。

眼下山巒起伏，綿亙不絕。山頂輕覆薄霧，淡淡的雲氣飄浮其間。山谷間堆積的厚雪，因風吹過，雪花沿道洪瀉，景色甚為迷離奇美。以為連綿的山峰過後必是海洋，將從美洲穿越太平洋到亞洲，不料叢山過後竟是城鎮！三三兩兩的房屋，蜿蜒的街道一如峰頂覆蓋著白雪。城鎮外圍，密佈著一個個大小不同的圈圈，是湖泊。湖水的顏色非藍非綠，而是灰灰的。這應該是被凍僵的冰湖裡水的顏色。龜裂的湖面照見當地寒凍的氣候，自湖泊分流出去的小河川亦如是。房屋、街道和我們身處的飛機之間的空氣，飛揚著如煙般的雪氣，天地間白茫茫一片，那是人間嗎？

飛行一段時間之後，房屋越來越少，湖泊也如同房屋，越來越少、越來越小。

最後一個湖泊、最後一條凍裂的小溪消失後，我們看到了大海。山冷、湖冷、水冷，大海也該是冷的，也該是凍僵的吧！然而，在大海與土地的交接處，我們看到大海以微瀾輕拍著冷土。

久久不言語的貝蒂說：「好美，是不是！」

我點點頭說：「這是哪裡？可以住人嗎？這麼冷。」

貝蒂拿出放在前座背後的飛行地圖說，飛機航線會經過阿拉斯加，剛才應該就是那兒了。

想起韓劇《雪之女王》，童話故事中，雪之女王住在芬蘭拉普德蘭，她太孤獨、太寂寞，所以把加伊帶走了。太雄飛過萬里，來到拉普德蘭，尋找逝去的戀人寶絡口中所說的雪之女王的宮殿。白茫茫的厚雪蓋住所有的山嶺，天空中飄散著雪花，雪橇一直往前駛去。逝去的人可以再團聚。這世界上真有那樣的冰宮嗎？

飛機抵達大阪，貝蒂和我將在此分手。第一次隻身離開美國本土到陌生的國度，她心慌意亂，不知如何轉機到京都。我拍拍她的肩說：「不要怕，你不會是一個人的。」

「回程時我不會遇到你了，對不對？」

我笑了笑說：「不會，但你看過了你的兒子，我也看過了我的父母，我們應該是很快樂的回美國的吧。」

揮揮手，兩個素昧平生的女人道了再會。

當我再次搭機回到大阪時，貝蒂的龐然身軀又出現在腦海裡。想起她說，為了一趟日本行，她學著用筷子夾菜、學著吃米飯、學著說幾句簡單的日語。

當我再次轉機回到底特律時，想起那六口的墨西哥家庭，女孩還搶著坐靠窗的座位，小嬰孩仍然啼哭嗎？

再次走在底特律機場航廈，特地經過星巴克、地中海餐廳和按摩店。一樣的人、一樣的地方，但時空已經轉換。世界就是如此不可思議，如此奇妙。

我背起行囊，走向回聖路易的登機門，心海裡浮現六祖慧能大師的開悟偈：「菩提本無樹，明鏡亦非臺。本來無一物，何處惹塵埃。」

塵也好，鏡也罷，人來人往，腳步倥傯間，都有一個故事去圓滿。故事的背後是快樂、是悲傷，別人都無法取代。自己的路，只有自己懂得該如何走。

溫柔的眸光

為什麼會想離家出走，是個很奇妙的謎。

如果真的走了，天空會變得比較美麗？還是心情會比較快樂？

走了之後，會再回家嗎？如果還要回家，為什麼要離家？如果不回家，背後的動力是什麼？會後悔嗎？

小時候，為了媽媽一句「你是垃圾堆裡撿來的」的戲言，我曾經以假當真，認定我是家裡的外人。當晚，趁沒人注意的當兒，我將平日最最珍愛的幾樣物品，一點一點放在一個大大的四方巾裡包起來，然後像連續劇裡的演員一樣，很慎重地寫了張類似「媽媽，謝謝你多年來的養育之恩」之類的字條，藏在衣櫃裡。假想媽媽看到之後，就會明白我為什麼不見了。

這終歸只是一句戲言。

我如平日一般生活，快快樂樂地去上學，完全忘了收包袱的事。當媽媽偶然發現，問起「這是什麼紙條」時，我還搞不清楚媽媽問的是什麼。多年後，我當然也明白媽媽故意的問語中所包藏的「傻丫頭」的心疼。

直至我為人母，方才了解「慈母手中線，遊子身上衣」那種心甘情願、無悔無怨的濃情深意，而我已真的離家了，只能在每年回臺探親時，才能嘗到媽媽的廚藝，也才能像兒時一般耍賴好強，一點也不需臉紅。

每年如鴻雁往返，心中不免喟嘆，人好不容易慢慢長大，會爬、會走、會跑，小學、中學、大學、研究所一路往上念，成長的終點，就是要別離嗎？或是出生為人，一切的準備就是為了要嘗嘗離別的苦澀？

來美之後，靠著電話與媽媽敘家常。而多年來，我也一直重覆說著：「如果不結婚，多好！」

媽媽問道：「有多好？」

我說，至少不會住在千萬里之外的美國；至少能在爸爸住院時陪在身旁，替媽媽分憂解勞；至少在家裡有需要時能夠現身，而非只能在乾著急的距離之外自我傷神。

媽媽也有話說。

「就算不結婚，你也會有自己的事業與工作，朋友之間的往來酢酢，也由不得你自由支配時間；況且就算不結婚，你也會住在千里、萬里外，因為到美國讀書，向來就是你的夢想；不結婚，可能更看不到你的身影，因為你就是愛到處跑的個性。」

言語間，我突然醒悟，原來所有想圓滿卻不能圓滿的，全是來自我的私心。在家時，不想被父母束縛，急欲離家尋找自由的天空。離家後，方才珍惜親人間相處的感情。

對現況的微言，肇始於年歲漸增。生活的變動，使我懂得了父母當年送我結婚、出國時的心情。

出國以來，爸爸兩次住院，次次都瞞著我。最近，當媽媽請弟弟打來電話，讓我回去給爸爸看時，我的心亂了。若非不得已，媽媽絕不會叫我飛回臺灣。

在回臺灣的飛機上，我不知能為爸爸做些什麼。

給爸爸看，那看過之後呢？

我心慌意亂，翻開書袋，取出一本本經本，從《普門品》、《金剛經》、《阿彌陀經》循序漸誦，期望功德回向爸爸，為爸爸祈福。

起飛時是早晨，陽光伴隨我向東飛。經過換日線，陽光變成月光，熾熱轉為溫煦。我憑窗後眺，高高掛在天上的月亮宛若慈母的雙手，撫慰著我，彷彿在說：「女兒啊，不要擔心，回來就好。」我的眼淚頓時決堤，溼濡了捧在手中的《地藏王菩薩本願經》。月娘啊！我此次回去，還能看得到爸爸嗎？

窗外的月亮越升越高。月色迷濛，好似一毯溫暖的被褥。眼眸回轉，燦爛輝耀的陽光從另一邊照射進來。太陽已在地球的另一端升起。我身也已在太平洋彼岸。日月相映在同一片天空裡，我向後回望，又再向前尋望，這竟是一片日月同光的天空啊！

這條路線來來回回飛了好幾趟，每趟都是不一樣的心情，然而從未像這次這般忐忑不安。心慌慌，人茫茫。我將飛機毯掩在眼上，試圖遮掩崩堤的淚水。月娘啊！你要護送我回家，你要守護爸爸，讓他平安地見到我，也讓我能如願見到他。

人的意志力真的非常不可思議。

媽媽說，爸爸聽到我要回來之後，頓時元氣大增。他要洗臉、刮鬍子，說不能讓女兒看到他的「鬼」樣子。媽媽也煞有其事用溫熱的毛巾擦拭他的臉。當我走入醫院，見到爸爸那瘦得不成人形的「鬼」樣子，還必須收起傷感，安慰他，一切都會沒事的。

呼吸器掛在鼻樑上，醫毯下瘦稜稜的身子，讓我不忍掀翻。爸爸真的就如他所說的，剩下四十六公斤，徒有外面一層皮包攏的「骷髏」形象。他說是，我不敢說非；他讓我回家休息，我不敢硬留。只要他順心，我別無所求。

住院二十一天後，醫生說，他居然復原了。

直到那時，我才懂得，即使爸爸性命有危，他仍然將我當作心愛的女兒，怕我餓、怕我冷、怕我累，唯恐稍有閃失，會對不起我的婆家。至於媽媽呢，三星期以來日夜難眠，在我回到家的那天，終於有鬆一口氣的機會。她與我談起爸爸的病因和入院以來的種種。不眠不休的操勞和難安，讓她瘦了八公斤，兩隻眼睛旁是漣漪般的黑眼圈，與她四目相望時，多年來的濡慕之情在她溫柔的眸光中融化了。與我面面相望的，是我那從不會將疼惜孩子的心付諸言語、讓我思念已久的媽媽。

爸爸出院當晚，鉅細靡遺地交代我他的後事。我低下頭，嚥下喉哽裡的嗚咽，勉強擠出「嗯，我知道了」等幾個聽得出哭音的字句。當晚，我哭倒在睡床上，抽搐難止，我對著放在桌上的「阿彌陀佛」聖像，合掌並細聲地祈求：「請保佑我的爸爸平安，請保佑我的爸爸平安！」

次日清早，我搭機飛回美國，照顧我另一個家。臨行前，媽媽只跟我說：「好好照顧自己。」她的眼中閃爍著水光，前晚，她必定也是哭著入眠了。

回美後的日子，心繫太平洋彼岸。我的電話成為爸爸刻畫每一天的記號，而媽媽每日的快樂與憂煩，也穿越、飛奔而來。那是我最幸福的時刻，爸媽唯我所有。

走過那一趟，爸爸、媽媽和我心靈更貼近，知道在最需要撫慰的時候，彼此是最能依靠的港灣。

夜晚，我讀經如昔。

《佛說父母恩重難報經》中說：「假使有人，左肩擔父，右肩擔母，研皮至骨，穿骨至髓，遶須彌山，經百千劫，血流沒踝，猶不能報父母深恩……」讀得我深深慚愧！

離家非得已，今生既為父母和子女，就該珍惜每一刻，好好地愛，誰知今生過後，各人各奔何處，或許他生相遇，未識娘生面！

我闔上經本，捻滅床頭燈。

春天的夜，散發著迷人的氣息。春草生長著，春花亦正待開放，樹枝間滿佈蓄勢待發的春芽。大自然雖然隱滅了日光，夜裡卻有生命在悄悄滋長。夏去秋來，冬去春至。四季輪替，豈不也昭告人歲的更迭？生命，或許就在來去之間完滿吧。

是月光？是星光？窗外黑夜，流光閃滅。

我起身掀起窗簾，仰頭微望。

月娘在天。

月娘的臉，像是媽媽溫柔的眸光。

輯三　讀你讀我

書的房間

書的房間，簡稱「書房」，望文生義，是讀書、寫書、放書的地方。此地書味濃郁，與書不相關者，應不在它的範疇之內。

古人讀書、寫字有講究，緣於古書裝訂不似今日輕便，擺放的地方與書的壽命長度有絕大關係，再者，古人寫書也不似今人使用鉛筆、原子筆便利，遑論敲擊鍵盤或是以聲音傳入，就有文字答答答地從印表機列印成篇。端書、磨墨、運筆，那等書墨相融的溫儒之氣，今日已鮮少可見。

屠隆在〈書齋〉一文中提到，他理想書房的兩個必要條件是明與靜。光線充足、環境安靜，使人一入書房，心境便特別寧和。書房必須臨著庭園，有花、有草，也有養魚池，池旁可另設洗硯池來洗刷毛筆和硯臺餘墨。書房外有景可賞，書房內除了書之外，「几榻、琴劍、書畫、鼎研之屬，須製作不俗，鋪設得體，方稱清賞」。

這樣的書齋，屠隆認為可以終老，若非相互了解的佳流之客，也不准其進入書房。擁有此等精緻的書齋，即使不是琴棋書畫的文武全才，榜首進士、儒學俠士，也絕對是對環境美學有品味的生活藝術家了。

書一定是放在書房裡嗎？放在別的地方，能不能也稱作「書房」？現代人讀書的地方都必須在書房嗎？隨著時間的推演，現代人對書的定義頗為寬廣，一本小品、一本漫畫、一本宏偉鉅著都可稱為書，都可並列而居。讀書的種類雖各異，捧書而讀的心境與態度卻無大不同。

最新的室內設計，書房已不是書唯一的棲身之所。新建的房子展示間和私人房屋開放參觀，書的視野伸展至房屋內各個角落，書架深入牆壁，成為房子的一部分，樓梯間、玄關，無處不可成書房。抬眼見書、掩眉見書，書的身影與芳香不再隸屬於特定場所。書房的定義走出傳統，有了新的解釋。這樣的設計，將人與書之間的距離縮短，增加了人與書結合的機會。

浴室是其一。浴室其實是個封閉而孤獨的場所，孤家寡人，或蹲、或躺、或臥，皆只適合一人獨享，水氣氤氳間，思緒分外清明，而常有神來之想。很多文人作家都曾在浴室中靈光乍現，欲提筆寫下，卻發現找不到一張紙、找不到一枝筆。想想，還是等一會再記下來，誰知才踏出浴室，所有的文思全留在浴室裡，一個字也帶不出來，徒呼負負。

為了發揮浴室的潛在功能，室內設計師在浴室牆沿交接處，設計可放置乾燥花香劑和筆紙的立體抬墊，對牆的書架則可放各類書籍和雜誌，靠澡缸的牆面黏嵌放書的立架，泡澡的同時，尚能不沾書面而逐頁閱讀。浴室書房化，還可在浴缸外放置一個腳架，酒品、飲料俱齊，這樣的浴室，想要早早進去、早早出來也難。

廚房是美式建築中另一個常放書的地方。也許是煮炊之所，所陳書籍多為食譜吧。一個三百六十度旋轉的食譜卡架，幾乎是美人「煮婦」居家必備之物。按部就班，隨翻隨炒，甚為簡便。美式食物的烹調法，不外於蒸、煮、烤三樣，與中國菜相比，或許色香味稍遜，然而沒有久久不去的油煙味的那份清爽乾淨，讓人喜歡在廚房裡做些廚事之外的事，而閱讀就是很好的選擇。

廚房的碗櫥櫃除了放碗盤，其實也是放書的好地方。書籍排排放，左右上下可碗、可杯、可盤、可紙、可筆，沒有一定的規律。靈性和現實共居一室，是最平衡的融合。我喜歡在廚房讀短篇小說，尤其在燉排骨湯或是紅燒肉時，少則三十分鐘，多則一個半小時，往往三、兩天的功夫，一本短篇小說集就欣賞完畢。有個朋友曾經在等湯熱肉軟的同時讀小說，讀著讀著，將放在爐臺上用作紅燒肉配料所餘的四分之一瓶紅酒，配著小說的情節一起喝入肚腹，那等情懷，真是過癮。

小閣樓可以珍藏心愛的寶貝，快樂或悲傷時就把自己鎖在裡面；電影裡的小閣樓往往是情節發展的重要場所，或偵探破案的關鍵。書房設置其間，頂上是天窗，日月光華自穹蒼照射，翻書閱讀抑或俯案畫圖，可謂世外桃源的人間仙境。

鹿橋的書房曾經讓我耳目大開，原來書房可以這麼擺設，原來他極富人文素養的文章，是在這個地方寫出來的。

美國房子的格局一般都設有兩個客廳，一個是Living Room，專門用來招待客人，另一個是Family Room，也可以稱作家人起居間。

他的書房設在後者，隔著一片簾幕就是廚房。他的書房裡幾乎沒有走動的空間，書牆緊密並排，桌上有毛筆、硯臺、紙張、書本、國畫顏料和信件，桌旁有個巨大平石，上頭放著骨董擺設，靠廚房的那面牆，放的是他的手稿和著作，書和其他擺設堆了滿桌，一眼望去，不知道什麼叫做空隙。

陽光從書桌右面的窗口暖暖地投入室內，窗臺上有幾株綠色植物隨著日光而改變本身的亮度。這是一間亂得不能再亂的書房，但奇妙的是，當你好不容易找到一個能站立的空間時，竟然不覺得它亂，反而有一陣陣溫馨之感湧上心頭。當我準備離開時，他站在書桌前，緩緩笑著要送我出門，我才醒悟到，原來是書房主人所散發出來的濃濃書味，讓這間書房顯得與眾不同，書味特濃。起動車子，他笑著揮手與我道別。那年他八十歲，但他的笑容竟有絲少年的靦腆。我彷彿看見了一個年輕小童。

我的書房跳脫以上的各種空間，設在臥房，臥房裡能名副其實的，就是一張床和兩盞床頭燈，電腦桌、寫字桌和讀書桌，這三張各有目的的書桌，已混淆角色，各自霸佔臥房的角落。電腦桌上放著茶、花、相片、磁碟片夾、各類可供寫作的資料，以及散文、小說和程式設計書；寫字桌上花樣更多，加上了孩子學校的通知書、繳費單和報章雜誌；讀書桌上彩色鉛筆和麥克筆霸佔桌面，字典、筆記本隨目可見。可讀、應讀的書，無處可放，只好移居床頭櫃，橫排開來，恰好是睡床的寬度。

李慈銘《越縵堂日記》中寫到案頭書。古人伏案而讀，書桌必須整潔；為了不影響讀書、寫字的情緒，案頭書籍也需整理；書目亦需更換，不能老是同樣幾本書，長久不更換，流於單調，也令人索然無味。

我的案頭雜亂，各式各樣的書都有，文學、漫畫、童書和詩詞並列。剛開始翻讀兩本文學書，一本中文《莊子》，一本英文*The Last Lecture*，日日閱讀，覺得怎麼老是讀不完，總是在無為、虛無和生死學中打轉，好似人生是首起伏不定的玄歌。為了不至失眠或於寐中驚醒，漫畫先上了床頭。*Calvin and Hobbes*，一個男孩和一隻好笑虎的生活故事，一看便欲罷不能，每夜總要看它好幾頁，才甘心與夜晚道別。

瞥眼文學二書已許久未曾翻頁，放下漫畫，重拾舊書。進行了些許頁，舊情緒又上心頭。於是喚來東坡共遊赤壁，「縱一葦之所如，凌萬頃之茫然」，然後又和查理一同為第五個黃金銅板獎落誰家而緊張，那可關係著巧克力工廠的奇幻之旅。

書堆滿床頭，不整不亂，越理還亂。人生晝夜長，白晝謀於生計，夜晚寧靜時窩在被裡取暖，身心俱暢。一星期七天，正好日日新，苟日新，盡攬書味。

在網路上找書、買書、讀書，已成為很多人的習慣。嚴格來說，每個網站所羅列的各項資訊也可稱之為書、稱之為雜誌。

驚慄小說大師史蒂芬・金，曾經顛覆寫書、出版的程序，挑戰讀者的閱讀習慣，在網路上出版新書，供讀者下載，規定每下載一章需付一美元，如果前三章的付款率低於百分之七十五的下載次數，他將不再在網路刊出作品。這個極富挑釁意味的動作，攸關未來的閱讀生態，而付費者的心態，也顯露出現代人道德觀低落的社會文明病。付費情況呈曲線狀進行，由高而低，由低而高，在將近刊出第四章前，付費比率還未達到史蒂芬・金百分之七十五的門檻，但在即將結束前，轟隆隆地以百分之七十五點六過關。

讀者繼續閱讀，作者繼續書寫。「史蒂芬・金」現象凸顯出的，是令人可喜的閱讀良知。當現代人高喊文學已死的時候，或許忽略了，文學已改變了它寄身的樣貌，生存於另一個空間之中。

如同部落格的興起，打破作者與讀者的界限，讀者與作者的身分已近模糊。部落格的書寫也形成一種新趨勢，包羅萬象，有圖有文，花團錦簇。有時不免質疑，書寫的目的和閱讀的樂趣在部落格裡所扮演的角色，是催化劑還是防腐劑？而書房又在哪裡？在Monitor裡，還是在作者與讀者的心裡？

傳統小書店被連鎖書店鯨吞的現象早已氾濫於城市。傳統小書店濃郁、富人情味的氛圍雖非大書店所能及，但環觀連鎖大書店，諸如臺灣的誠品和美國的Bolder, Barnes and Noble，大片書牆和書架中間，是舒軟的座椅，坐於其上，品嘗書與書、字與字的形、音、義，牽著詩、散文與小說的手，沉湎於閱讀的醉鄉中，何嘗不是人生一大享受。

每個現代人都有一個專屬的寧靜空間，這個空間能靜默、能思考，能與文字做最親密的接觸，而書的房間應是最適切之所。至於書的房間是否只能做與書有關的活動，閱讀是否必須在書的房間中進行，在現今資訊爆炸的時代，那已是無用之辯了。

應該說，凡有文字現身之處，就是文字呼吸的處所，就是書的房間。

追愛的女人

我們雖然是手牽著手，互相說著小心
掙扎地走了半夜，還不知歸宿在何地
土地公公，可憐我們又冷，又餓
讓我們躲一躲吧，兩個顫抖溼透的身體

鄭愁予的詩，男子明日要當兵，女子相送，到土地公公的家躲雨，互訴情懷，相約離別後再聚時，將以香火答謝土地公公。

離別盼相逢，相逢盼結縭。

成立一個家，是戀愛中的男女最衷心的期盼。

福斯電視網曾經有個節目「Surprise Wedding」（驚奇婚禮）。製作單位在拉斯維加斯徵選願意在螢光幕前舉行婚禮的戀愛中女子。幾番輪轉，製作單位將中選的五位女子帶至婚紗店和金飾店，教她們化妝、走臺步，替她們選購一切婚禮所需。試穿婚紗時，每位女子都哭了起來，彷彿神話已成真實。

每對情侶中的男方都有「很愛對方，但現在還不是結婚最佳時機」的理由，而女方則是都很想嫁、很想定下來，過一個真實的夫妻生活。

五位女主角面對臺下的上千觀眾，侃侃而談與男友交往的情形。每個人都氣度大方而不羞赧，盡情流露對追求真愛信守一生的嚮往，「對，我就是想嫁！」

而男主角們呢？在不知情的狀況下被帶至臺前，面對臺下黑鴉鴉的一片人影，穿著白紗的女友站在舞臺上笑盈盈地，是夢、是幻、是真？他們自各州群聚拉斯維加斯，站在臺上才知道，原來是場「逼婚」。

主持人轉告五位男主角，他們有考慮的轉圜時間，可以說好，也可以說不。

是愛情的力量太感人，讓人難以拒絕、受寵若驚，還是被舞臺絢爛的燈光所迷惑？面對著細訴愛情、渴望結婚的女友，以及睽睽眾目和閃亮的燈光，沒有一個男子說不。老實說，有哪一個男人敢在全國大放送的節目中拒絕一個女人的求婚，日後讓人笑談，成為眾目所指？

其中一位女主角對男友說：「你說ＹＥＳ會讓我很高興，但若你就這樣走開，我也不怪你。」另一位說：「我以後的日子如果沒有你，日子不曉得怎麼過。」然後眼淚就奪眶而出；有兩位女主角跪在男友面前說：「Will you marry me?」還有一位女主角在男友說完「ＹＥＳ」後，兩人四唇黏貼，在臺上熱吻，久久不離。

追求愛情的勇氣，似乎已離開制式規範，不是男人的專利。

希臘神話裡，也有一個不辭辛苦地追求愛情的故事，那位受盡折磨的女子，名喚「賽姬」。賽姬是個美麗的女人，因為太過美麗，惹來愛神維納斯的妒忌──「美麗」二字向來是她的代名詞，誰能與之爭峰，然而這小小的世間凡女，竟能媚倒世間男子，將她遺忘。

妒忌加上被忽視，熊熊燃燒維納斯心頭的怒火。她命令她的兒子，手執金鉛雙箭的小愛神邱比特，讓賽姬愛上全世界最醜陋、最粗鄙的男子。

邱比特的箭，箭無虛發，不是讓人愛得如癡如醉，就是讓人對愛卻步。

賽姬的美讓維納斯吃味，她要讓她陷入醜陋男人的懷抱之中。

維納斯著重外表，以形貌人，多少透露她的膚淺與薄識。

我們印象中的邱比特，是在公園水池裡，赤裸裸、舉起「小啾啾」噴水的小男童，但這個故事裡的邱比特已是翩翩少年郎。如果世間男子都為賽姬的美癡狂，難道邱比特能坐懷不亂？他也是個男人呀！

雖然圍繞在身旁的蝴蝶、蒼蠅一大堆，賽姬不像她相貌平凡的姊姊一樣早早出嫁。那時候的人相信，凡事只有去神殿問神，由神諭來決定一人的未來與生死。

賽姬的父親得自阿波羅指示，賽姬的丈夫不是凡人，而是一條可怕的巨蟒。憂惶惶的父母不知所措，怕神會生氣，不敢抵抗，便將女兒孤伶伶地棄置山頂，奉獻給黝黑的命運。

這一段倒很像中國古代社會中的父母，希望女兒嫁個好人家，又怕嫁了之後不幸福，樣樣不放心、事事沒把握，只好到廟裡去問神，卜好卦就嫁，卜壞卦則轉去算命改運，一切仍是依照神的安排。是好是壞，都是神的責任。

賽姬獨自坐在黑暗的山頂，揣著一顆顫抖的心，等待命中的醜陋丈夫到來。

突然間，一陣和暖的西風將她舉上天空，然後進入一個富麗堂皇的宮殿當中。宮殿裡，食物是最美味的，音樂是最悅耳的，花香盈室，侍女僕從服侍周到。賽姬恐懼的心軟化了，無論是多醜、多可怕的男人，能擁有如此的生活享受和體貼的照拂，應該是個不錯的丈夫。

夜幕低垂，她的丈夫在黑暗中與她溫存。或許事前的氣氛營造得太美好，賽姬竟不覺得大蟒蛇有何可怕，即使不見他的人、不聽他的聲，現實勝於猜測，在她身旁的是個實實在在的男人。

賽姬過了一段美好的日子。她並不想探測，白日不見人影，只有晚上到來的男子是何方人士。舒適的日子磨平了她的恐懼與猜疑，她安於做個守著黑夜、守著男人的居家女人。現代女權主義者大都氣賽姬耽於物慾，自甘墮落於男人的陷阱，但他們也實該為賽姬注重自我感覺的勇氣而感到雀躍。

一個行為和觀念，其實隱含了陰暗與光明兩面。當我們正對著陰暗時，光明正旋轉姿勢，迎面而來。反覆幾十年的女權主義抗爭者，所爭所論的，有時是無法辯解的人性。

美麗神話的造成，來自邱比特、阿波羅與西風神這三個男人的串通。他們設計好所有的流程，料準世人不敢違背神諭的心理，讓賽姬被背棄山野，西風拂送，使邱比特得以擁有世間美女。

美麗神話的破滅，則肇因於賽姬姊姊的忌妒和賽姬的信心不足。賽姬姊姊尚未到來之前，邱比特就會警告過賽姬多次，千萬別和姊姊碰面。但最後拗不過賽姬的哀求，邱比特轉而說，不要透露他們的生活種種。

賽姬答應，邱比特也就相信了。

初始是哀悽妹妹的命運悲慘，入山尋找妹妹的遺骸，沒想到竟然發現，妹妹過得比她們還美好。妒由心生，便慫恿賽姬，無論如何也要在晚間仔細看清楚丈夫的真面目。姊姊提醒，她的丈夫是個蛇郎君，一定是準備將她養得肥肥美美的再吞下肚。在未遇害之前，還是先下手為強，把他殺了吧。

境由心生，思前想後，賽姬決定一試。

黑夜來臨，丈夫來了。等候邱比特睡去，賽姬便實行與姊姊的計劃，將刀拿在手上。

燈火逐步趨近，有個人影漸漸顯現。

油燈下是長了一對翅膀，金黃色頭髮、雙頰嫣紅、肌膚雪白的小愛神邱比特。賽姬不禁興奮起來，越走越近，忘記了原定的計劃，俯身親吻丈夫。

油燈裡的熱油滴落，燙醒了邱比特，看見妻子手上的刀，他明白了一切。

他背著母親，偷偷地將喜歡的女人藏起來，既不讓她受苦，也不讓她愛上最醜陋的男人，但最終，她仍不相信他。

失去後才曉得珍惜。賽姬在邱比特離開後才懂得愛情的魔力。她不讓他說走就走，可是凡人阻擋不了神，能向誰求援？

最佳的人選似乎是丈夫的母親，愛神維納斯。

邱比特一定是回家去了。

之後的故事，是很精彩的婆婆與媳婦兩個女人的爭鬥。

你要和他好，我偏不讓你如意，起碼也要讓你吃足苦頭，誰叫你吸引了所有男人的目光！

美麗的女人容不下別人的美麗，這是維納斯粗淺的邏輯。

女人的心理就像一個沒有寫入結束和迴轉的電腦程式，永遠陷落在尋找的路徑中，找不到結束的出口。

兒子不聽老媽的話，還愛上令她痛恨的女人，得到機會的維納斯冷嘲熱諷，稱賽姬為醜陋可憎的女人，要她通過許多困難險阻；只有勤勞和辛苦地工作，她才能得其所愛。

努力做，不回嘴。粗話、狠話就是缺少柔軟的話。很典型的婆媳對立。若沒有人在這個陣仗中認輸，知難而退，這個戰爭將落入反覆之中。

褪盡自尊、耗盡容顏與精力，只為喚回心愛的男人。賽姬勇敢地接受了維納斯的各種折磨，這個女人是她心愛男人的母親，她不能得罪，只能默默承受，在現代心理學上，賽姬絕對是個高手。

賽姬將混在一起的麥、罌粟及各種種子在一夜間分門別類；在灌木叢中取到金羊毛；在懸崖峭壁間取得黑水。

維納斯不滿意賽姬居然能完成各項不可能的任務，她繼續折磨著這個為愛奔走的女人。這次，她給賽姬一個盒子，要她到冥界裡向地獄女神裝滿「美麗」。

賽姬經過大枯洞，渡過死亡河和三頭狗，又完成了一項艱難任務。行行復行行，無終止的磨難，賽姬累了、乏了。

邱比特眼看所愛的人受苦受罪，又怕得罪母親，於是飛到奧林匹斯山請出了眾神之神宙斯。宙斯曾看不慣維納斯的跋扈，化作老鷹，幫賽姬取得黑水，一切他都看在眼裡。宙斯命令愛神收手，有情人得成眷屬，自此都是一家人了，美麗榮耀愛神之家。追愛的女人不顧容貌變醜、變憔悴，不顧身乏心倦，誓將所愛追回。感動眾神的不是邱比特的請求，而是賽姬追愛的勇氣和百折不撓的毅力。

「驚奇婚禮」的男主角們踏上舞臺的剎那間，各個呆愣，聽到主持人說：「歡迎參加你們的婚禮」時，全都撫額摸頰，不可置信。如果這算是陷害的話，站在臺上的五位女主角更需要愛的勇氣。面對全國直播的觀眾，她們可能有個接受眾多祝福的婚禮，也可能面對被拒絕的難堪。

神話裡這則愛情故事，被比喻成愛情與靈魂的永久結合。愛情要有圓滿的句點，就要有追愛的勇氣。

耐人尋味的是，這則希臘神話的開始，肇因於女人之間誰最美麗的戰爭，而爭執的開始與化解，卻是靠男人之間的幫助而完成的。

男人與女人的個性定義，似乎存在著太多的誤解與錯解。對照這兩則神話和現實，可以確認的是，女人追愛的韌性，是超乎想像的強大的。

賽姬贏得眾神的祝福，而現實裡的舞臺也獲取了觀眾的共鳴。

女人面對愛情的堅毅，有時令人驚訝。
Will you marry me?
追愛的女人不能永遠躲在土地公廟裡祈福、禱告，圓滿是因勇氣而造就的。

夜色如水，弦音但如是

三吋白雪已積存在地，無垠穹蒼依舊不倦怠，灑下漫天雪花。白茫茫一片，間夾著自四面八方飛嘯而來的冷冽寒風。身體縮、膀子縮、脖子縮。兩隻手縮放在外套口袋裡，兩隻腳凍若冰柱。一張臉，該怎麼說呢？既看不出喜怒哀樂，看不出是眼還是鼻口，也看不出是男或是女。一式的深色外套，一副冬天的走路姿態。行道間，已無可分辨性別與人種。

臉貼著黏著雪花的玻璃門，我的雙瞳彷若也沾上了雪花，眼外的世界朦朧。

隔著一道道牆與門，室外的一切，像是斷了所有的線索，既無聲也無影。

走在大雪紛飛的路上，我也像其他走在雪路上的人一樣，盡可能地將自己縮成一團，裝作可以抵擋風雪灌注的樣子。直到走入室內，熱氣呼呼迎面而來，那時才知覺，身體其實早已凍到無法察知什麼是寒、什麼是暖。

門裡門外，寒冷火熱，一樣世界，兩樣情懷。

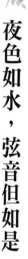

處在室內久了，暫時遺忘室外的冰寒。室外走久了，也忘記室內曾有的溫煦。一切在習慣之後，也只有接受。接受之後，也無所謂埋怨與否。或許，這也是一種漠視？是無聲世界裡有聲音，還是有聲世界裡沒有聲音？哪一個是真？哪一個是偽？

按下DVD的轉換切口。電影《寂靜之外》首先傳來陣陣轟隆隆的聲音。畫面旋轉，兩雙冰刀鞋劃破已凍結成冰的湖水。湖面上看似一切業已靜止，湖面下卻有魚兒不畏寒冷，悠游自在，就像隔著門的外面世界，彷彿寂然無聲，卻是弦音四處。

小女孩拉拉，從小就必須權充聾啞父母的翻譯員，以她五歲的心智，代替父母與外面的世界溝通。

有一天，姑姑送她一管豎笛。聲音從此走入她的生活，美妙的樂音進入了她的世界。長期以來的壓抑與累積，終於在姑姑慫恿她，不要因為父母的殘障而讓自己也過著殘障人生時爆發，時值青少年的她，懂得用語言戳傷父親無法言語的傷痛。她聽到了反抗暫時勝利的聲音，以有形的遠離，護衛自己心裡愧疚的缺憾。轉了一大圈，就在她緊鑼密鼓地準備音樂學院的入學考試之際，傳來了一直在她身邊的母親去世的消息，以及父親的傷心。

最後，她還是必須打開自己的心，聽聽心裡的真實聲音。於是，她如實地面對自己的人生，父親也如實地接受，願意用心去體會女兒的有聲世界。

電影裡，聾啞的父親問女兒：「雪的聲音像什麼？旗子為什麼會動？」

女兒說：「雪把所有的聲音都埋了，下雪天是沒有聲音的，旗子會動，是因風吹而動。」

然則，雪真的埋藏了所有的聲音嗎？

我想起了六祖惠能「仁者心動」的公案。「何其自性，本自清淨。」

因為我們不是雪，因為我們不是掛在高桿上的旗子，所以無法領略真正的境界，只能憑藉外在的感受與視覺去猜測。

而具有想像力的臆測，實質上卻盛滿了顛覆的荒謬。

曾經，我蹲在大雪中靜靜地聆聽，雪因為氣溫回升而融化、崩裂的聲音。那等聲響，有種難以卒聽的不忍，彷彿有某樣東西因故而不得不爆破一般，且那爆破不是一次就終止，而是連續一貫而下。那聲音，必須近距離才得以聽到，稍稍離遠一點，是一絲兒也聽不到的。或許也有人並不覺得雪融時是有聲音的，是吧。

豎笛音樂會前，印度豎笛大師走到拉拉的面前，要她去聽聽舞臺上畫了七彩顏色的布幔的聲音。

布幔怎麼可能會有聲音？

顏色怎麼可能會有聲音？

她呆在原地，不解。

大師說：「有，有聲音的，真諦就在你的心中，往內心尋，就聽得到聲音。」

音樂會正式開始，一管豎笛在演奏者手指迴按下響起，時而幽緩，時而輕揚。布幔上的顏色在燈光探照與音符起動下，彷彿也伸展了腰肢、張啟了喉嚨，一同吟唱屬於自己的歌。

回溯到自體本身，處處有聲，處處亦無聲。

多年以前，在臺北的街道上，看到一對聾啞男女，愉快地比著手語。雖然嘴不能說，他們的手卻像是長了翅膀，比劃著美麗的手勢。在他們的臉上，看不到哀怨的表情，也見不到徬徨的眼神。如果他們沒有比手語，只是默默地彼此對看著，有誰會知道他們是聾啞者？就算是耳聰目明者，可能也沒有像他們一般快樂的心。

無聲勝有聲的境界，恐怕不是耳聰目明者可以想像得到的。

仔細傾聽，有聲的世界比較優越嗎？

父母罵孩子，孩子怨父母；老闆斥員工，員工怪老闆。市道不好，罵政府、怪商人，都是經濟炒作失利。

不美妙的聲音傳入耳中，形成一個強力負氣膜，牢牢綁住自己的情緒，等到因緣成熟，再把垃圾丟給倒楣鬼。接受垃圾的那個人，如果沒有絕佳的情緒管理，旋又陷入你責我怒的漩渦裡。

換過一個場景。

考績優等，上司讚美有加；考試滿分，父母高興，獎賞連連；商場賺錢，直嘆是千載難逢的商機，每個人都想更上層樓。

美妙的聲音傳入耳中，形成一個強力正氣膜，牢牢綁住自己的情緒，等到因緣成熟，再把得意傳給嫉妒鬼。接受炫耀的那個人，如果沒有絕佳的情緒管理，旋又陷入想得卻得不到的漩渦裡。

有人同悲，有人同喜，固然讓人欣慰。

如果這些聲音轉化成不慍不火的淺聲，甚至無聲，會不會醞釀成一種無形的能量？

拉拉的爸爸，自小怨嘆，自己的聾啞是喜愛音樂的父親的痛，音樂天賦甚佳的姊姊因此而有優越感，以致母親更加疼惜拉拉的爸爸，卻也間接造成她的不滿與報復心態。

兩人對待彼此的情緒，對方都接收到了。

原本該是姊弟情深的手足，圈窒在猜疑的方寸中。從小到大，到了下一代，仍然不放過對方，不放過自己。最後還是必須靠拉拉傾聽自己內心的聲音，打開兩人之間的結。

有聲世界當知足，無聲世界亦當珍惜。陰晴陽缺，都有令人感動的情懷。

天色漸漸黑暗，白色大雪在如墨的夜色中，也失去了它晶亮的色澤。

深夜裡，再亮麗的色彩都需隱沒。

室外，不見樹也不見雪，聽不到任何風吹雪飄。我掩上百葉窗，提起腳步走回書房。不想昨日，不想明日。

叮叮咚咚地敲下這篇有聲也無聲，無聲也有聲的稿子。

夜色如水，弦音但如是。

可攜帶的房子

住屋最近出現許多小問題，到處都是破損，該修該換。人有生老病死，東西有新舊損壞，本來是件很平常的事。但是當所有的小問題在同一時間一湧而上時，小也不見得是小，終究是惱人的事。

三十年代，日出而作，日落而息，房子純粹是為了要休息，不需要華麗的外觀和繁複的內部結構。想乘涼，就搬張椅子坐在室外，天廣地大，處處可乘涼。

隨著文明推演，科技發明日新月異，舊的東西逐漸消失，取而代之的是以功能為前提的新產品。

乘涼逐漸被冷氣機所取代。四四方方的硬盒子，想輕鬆都輕鬆不起來。

二次大戰後，美國建築業興起摩天大樓建設，高高的樓、高高的牆，走入紐約、芝加哥等繁華地帶，首入眼簾的就是這些名之為「高文明」的龐然大物。東京、香港，更不用說了，地窄人稠，空間有限，不能往旁邊發展，只有往上發展，比高的趨勢與日劇增。

曾幾何時，現代化的代名詞就是超高建築，上海不遑相讓，臺北的１０１更曾經出過好一陣子的風頭。比完上海比臺北，比完臺北比杜拜，那比完杜拜呢？

就如同有段時期，帷幕牆成為臺北唯一的建築景觀。黑ㄚㄚ一片，人的黑影、車的黑影，就是看不到帷幕牆內人走動的身影。

收入所得和消費能力的提高，對物質和精神上的講究，直接影響居住環境的變異。居有屋離繁榮地段近、離捷運近、離學校近、離商店近，一切講求便捷；房子的外貌在有限的土地空間上得不到太多的滿足，於是內部的加工、變造成為主角。

常常一棟不起眼的建築內部，是一件讓人嘆為觀止的藝術傑作。除支撐的樑柱必須留住之外，挑高、鑿牆、樓中樓、色彩粉刷，是最基本的室內設計。

幾番去朋友家探訪，驚訝他們對改造室內的大手筆。那時才真正覺得，以前形容出國是「留洋」，轉了一圈回去後，才發覺自己真是劉姥姥逛大觀園，樣樣新鮮、樣樣新奇。

未出國門或是以旅行為標的的臺灣人，誤以為外國人的生活與環境是日日變月月變，久住後才發現，外國人的變，是守著傳統在變。

每逢感恩節或聖誕節這種舉家歡慶的日子，遠方的遊子一定會回家大團圓。最近幾年，美國人受東方影響，逐漸從現代回到傳統，認為東方人三代同堂，是一種難得的美德。

西方大舉學中文，更向東方禮聘中文教師，東方則對英文趨之若鶩，考試和生活句句ＡＢＣ。為了讀中國四大文學名著中最先成書的《三國演義》，大學專門教中國文學的黑格爾教授，特地為中美人士開了一堂課。字正腔圓，細數著各版本的線裝書，開場第一句「Three Kingdoms is a sad story.」道盡三國英雄人物的心酸。他的學生來自中國、臺灣和美國華裔的年輕人。中國的傳統文學與美學，由日本發揚光大後，現在輪到了西方人。

禮失求諸野，文明與傳統，正朝著反方向的軌道走去。

近幾年來，我的住處附近，房舍的興建速度超乎想像之外，房子大、房價高，向隅者眾，絲毫不受經濟低迷影響。

一個交通便捷的地方，建築商才剛架起廣告牌，預告將興建住宅，登記者的人數和增加速度都讓人驚訝。建房的範圍日益拓展，原本渺無人跡之地，現在卻是房價高飆、熾手可熱之區。春夏秋冬，大自然冷眼旁觀四季遷移，人類則隨著房子的屋腳變動而動。

電影《海上鋼琴師》。

一九〇〇年，一個被丟棄在郵輪上的小男孩，終其一生在郵輪上度過。他看盡上船、下船人們的榮華富貴、光鮮亮麗，也看遍貧窮逃難和偷渡者的辛酸。

他憑藉著天賦，無師自通，彈得一手好鋼琴。雖然有人勸他不妨步下郵輪，一定可以名利雙收。但他一直不為所動，船上是他所有的生活與世界，下不下船，不是最重要的。

直到他遇到一個令他心動的女孩。女孩在紐約下船後，他一直念念不忘。

終於，他決定要下船了，揮手和船上的同伴辭行。

走到階梯的中途，他停住了。

眾人以為他太興奮，不料他轉身走回船上。

他把自己關了好幾個星期。當他再度面對大家時，只說了一句：「一切都過去了，我放下了。」

電影終尾，他解開了當時不下船的謎。

當他在階梯上面對高樓林立的紐約時，他害怕了。

在一個看不到盡頭的都市叢林裡，他看不到一丁點未來。

無止無境的慾望，會吞沒他存在的意義，雖然他從出生後就不被這世界所承認。

汲汲營營，黃粱一夢，人就是這樣吧，沉迷在無限憧憬裡，只有面對其境時才能了然，自己追求的究竟是什麼。

最近一次回臺北，在臺北捷運站下車，站在新光大樓廣場前，覆蓋著我的，是大樓的垂影。

夏風溼溼地吹著，大樓牆面放映的是當時很紅的「素還真」布袋戲片段。所有的人事物都似曾相識，也都很陌生。說不出那種「彷彿在夢中」的感覺。

「勸君莫惜金縷衣，勸君惜取少年時。有花堪折直須折，莫待無花空折枝。」看得到未來，看不到過去；看得到過去，看不到現在。

有多少人在睡前的黑暗中，能對自己一日來的所言所行瞭若指掌；又有多少人在股票數字起落後，能不怨那轉瞬間失去的一切；又有多少人在戀人分手、家人遠離後，能坦然一笑。

無論房子的外觀如何日日新，苟日新，無論房子的價錢月月高、年年漲，能提供一個不受打擾、安心自在的休息處所，是亙古不變的。

有形的房子、無形的房子。鎖鏈緊緊閂著，開門、關門都是一門學問。

如果有一個可攜帶的房子，遨遊於空花道場。

如果有一個可攜帶的房子，不理會外在的變化萬千。

如果有一個可攜帶的房子，任自遊戲神通。

那可能會是很奇妙的一件事。

告訴你一個祕密。

不用羨慕別人。其實，你我都有一個無價的、可攜帶的房子。

但使願無違

——夜讀陶淵明

平常的日子，忙忙碌碌，在屬於自己的時間裡，讀書是最幸福的時刻。暫時放下瑣事，在無垠時空裡，跳躍至時間運轉的任一點，與相契合的作者及他們的作品交會。

不需電話或電腦，也不用寫信或交談。

就是在這樣一個寂靜的夜裡，我走入了陶淵明的世界。

很久沒有讀陶淵明了。

已經久得無法計量上一次是何時，讀的又是什麼。

繁勞日子裡，無盡的人際關係、無止的工作牽轉，高山低谷的情緒轉折。

久遠以前的「採菊東籬下，悠然見南山」，仍然像忠實的故友，時時守候在心靈角落。只要詩句一入心頭，心境就頓時清涼許多。

相對於紛擾的現世，陶淵明的悠閒生活，真讓人升起無限的慕羨之心。

真正一首一首逐次進入陶詩人的詩句中，才明白以前對他的誤解。

總以為他是個與世無爭的人，總以為他的生活真的時時在採菊，像是一幅淡然的畫，不曾沾染俗世的庸俗。

夜越深，讀陶淵明的心情，越是椎心不捨與滿心快樂兩種截然不同的矛盾組合。

冷風自背後的窗縫細細竄入，桌上的一壺熱茶逐漸冷卻，檀香裊裊，細弱的燈光映照在書冊的字句上，我的心陷入極度低潮之中。

「結廬在人境，而無車馬喧，問君何能爾？心遠地自偏。」

字面上的直解：住在眾聲飛揚的鬧市裡，卻沒有聽到一丁點的雜音，問你怎麼能如此鬧中取靜？你說，只因心清淨，眾音入耳不住心，聲音無立足之地，自然無法侵入。

心靜，聲音自然也靜。

遠離世俗，身心融入大自然，意境悠遠，這篇「飲酒」陶詩，真是篇上選的抒情散文。

事實是，受不了官場的爾虞我詐、造作屈顏，他寧願緊守固窮的日子，過自己的生活。種種菜、喝喝酒，馬車最好不要進入他的屋裡，因為馬車內的主人都是來勸他做官的。

「我豈能為五斗米，折腰向鄉里小兒。」

門前有五棵柳樹，主人五柳先生是彭澤小小的一個縣官，官雖小，志節卻不低。

不願意綁緊腰帶，向前來查詢的長官、上司下跪，尤其他們是不知清廉為何物的官。雖然可能會影響官職，但五柳先生絕不為了謀五斗米之糧，做出違反自己的良知和本性的事。

歸去來兮！歸去來兮！

不見容於官場，乾脆辭官回鄉，做個自耕自足、看天吃飯的農夫。

明知未來的日子苦也甘願！

「晉太元中，武陵人捕魚為業，緣溪行，忘路之遠近，忽逢桃花林……」

這首〈桃花源詩并序〉，一起筆，就把讀者帶入一個似真似幻的天地裡。

天上人間、人間煉獄，到底哪一個是真，哪一個才是幻？

陶詩文字簡白中蘊含深意，即便千餘年後的現代人讀來，依然讓人生出心契相投的喟嘆。

這樣一個才華洋溢的詩人，不願融入如一盤污泥的政壇裡，明知將饑餓地度過餘生，也不悔不屈，怎不讓人心疼？

深讀陶淵明，完全顛覆舊時的詩人形象。

他有學問、有志節、有服務鄉里的熱忱，就是看不得官場裡的一絲絲虛偽。

讀著讀著，我有時也不免疑惑，難道沒有折衷的方式，一定要採取「寧為玉碎，不為瓦全」的絕決嗎？

黑色一邊，白色一邊，那中間的灰色地帶呢？還是他的個性使然，讓他有高度的政治潔癖。

果然，他不涉入政壇真是明智的抉擇。否則一個蘇東坡就夠讓人捨不得了，怎堪又多個陶淵明呢？

陶淵明八歲喪父，與母親和妹妹相依為命。而陶太太在生下一個孩子後也過世了。詩人再娶，接連又有了五個孩子。

家裡食口浩繁，家境原本就不佳，詩人只有循當時讀書人的唯一出路：出仕為官。陶淵明進出官場多次。

進入官場，大多是為了一份理想，更多的是為了要讓家人能夠溫飽。

偏偏做官對他而言，是一件痛苦的事。

出官場都是因為無法面對官場的現實，既不想苟且於世，更不願同流合污，在黯然神傷之餘，乾脆揮一揮衣袖，不帶走一片雲彩。

他明白，只要自己稍稍退一步，就能和魏晉的官場之人一樣，苟得黑錢而豐衣足食。

讓人欽佩的是，當他忍了又忍，忍得難當，終於下定決心，辭了彭澤令，說退就退，絲毫不扭捏、不作態。

從他所留下的二十首飲酒詩裡，詩人告訴我們，他從小悠遊於六經中，不樂見世俗中的庸俗。此外，他很愛很愛喝酒，以現在的眼光來看，簡直就是個酒鬼。

理想與現實難兩全，他捨現實而就理想。

肚子餓得受不了，家中又無糧下鍋，天寒卻只有一床無法覆蓋全身的單被，夜裡受凍挨餓，只有癡癡等待天明，無奈夜太長，遲遲等不到雞鳴破曉。

無米下炊，他就學乞丐，去敲鄰居的門。

鄰人開門一看，竟是陶詩人！

知他嗜飲杯中物，邀他入屋合飲，暢談農耕事。

他窮，寧願自己種田，所得微薄，也不恥官場貪污所得來的錢。

他餓，寧願行乞討食，不以為恥，也不吃官場之人送來的酒肉。

一路讀來，陶詩人讓人看到了人性中對善的堅持。

對照詩人所留下的詩集，輕易就能讀出詩人內心的矛盾。

不願勉強自己流俗，所以飲酒發洩情緒。

對無法給家人一個衣食無虞的生活感到抱歉，所以藉酒逃避。

無法一展所長，為國家所用，所以藉飲酒來平靜自己。

詩人的飲酒不似李白縱意，也不似魏晉時期竹林七賢的放浪形骸。

他喝得苦，從苦裡找尋人生甘味。

逐詩進入詩人的內心，從而發覺，詩人很有自覺性，懂得自己能做什麼、不能做什麼。在嘗試過多次後，他選擇勇敢地面對自己。

夜越深，寒意越濃。我彷彿能稍稍品味到詩人「衣霑不足惜，但使願無違！」的決心與毅力。

我重新添換茶葉，注入滾滾熱水。

以茶代酒，邀千年前的陶詩人，共吟陶詩人的〈讀山海經〉！

「孟夏草木長，繞屋樹扶疏。眾鳥欣有託，吾亦愛吾廬。既耕亦已種，時還讀我書。窮巷隔深轍，頗回故人車。歡言酌春酒，摘我園中蔬。微雨從東來，好風與之俱。泛覽《周王傳》，流觀《山海》圖。俯仰終宇宙，不樂復何如？」

讀書樂！讀書樂！讀書最樂！讓人忘了煩惱、忘了憂愁。

讀過詩後，仍須面對柴米油鹽和許多不同的面孔，但在茫茫時空中，能因為文字而洗滌被世俗捆綁的心靈，真是人間一大幸福！

是呀！地球不會因你而停止轉動。

不怨天、不尤人，好好做自己。不樂復何如！

你好，蟾蜍先生

春天，陽光和煦，涼風輕拂，走入密蘇里植物園的年度蘭花展覽區，馬上被入口處的大幅海報所吸引。

古來中國的文人雅士莫不為蘭花之清幽所吸引，所謂的梅蘭竹菊四君子，代表品德及性靈上的超凡脫俗與不隨俗流轉，尤其生長在高寒山上的蘭花，最為人仰慕與欣嘆。

「與善人居，如入芝蘭之室，久而不聞其香，即與之化矣。」是對蘭的本質的最佳描述。陶淵明詠〈幽蘭詩〉：「幽蘭生前庭，含熏帶清風。清風脫然至，見別蕭艾中。行行失故路，任道或然通。覺悟當念還，鳥盡廢良弓。」全詩流露絕然脫俗的意境，見蘭如見性，那是何樣的情懷！若非對世事有番別於眾人的感念，恐難進入蘭花孤芳自賞的傲然。晉代王羲之〈蘭亭集序〉，瀟瀟灑灑三百餘字的序言，讓人不由自主地浸浴在會稽山陰縣「蘭亭」的文采飛揚中。

民歌興盛時期，胡適填詞的《蘭花草》幾乎人人都會吟會唱：「我從山中來，帶著蘭花草，種在小園中，希望花開早。一日看三回，看得花時過，蘭花卻依然，苞也無一個。」蘭花讓人愛、讓人憐，就是因為它的那一份堅持吧！

蘭花給人的感覺就是這麼傲然絕俗、高不可攀。然則，在現下賞蘭的幽雅情境中，大幅海報最上端斗大的寫著此次蘭花展的主題：「Mr. Toad's Orchid Adventure」（蟾蜍先生的蘭花奇幻之旅），實在是嚇人一大跳。那不是*The Wind in the Willows*（柳林中的風聲）童話書嗎？

穿延於河流和鬱鬱蒼蒼的森林當中，幾個「獾的家」、「鼴鼠的房子」、「河鼠的船」及「蟾蜍豪廈」的標示，有讓人置身熱鬧童話和幽雅蘭園的錯亂氛圍。任何人大概都很難想像，這隻調皮搗蛋、專門闖禍、毫無氣質可言，甚至幾番教訓也無可救藥，讓人疼、讓人憐，更讓人氣的蟾蜍，怎會是植物園年度蘭花展的主角？

走入蘭花展的會場，一簇簇拖鞋蘭排列在矮叢中。淺淺的褐、粉粉的白，安安靜靜地隨著步道向深處延展。溫婉的拖鞋蘭，讓人心生我見猶憐之感。

才一轉角，就看到了「蟾蜍先生的蘭花奇幻之旅」的第一景。

蟾蜍先生和他的三個好朋友獾、河鼠、鼴鼠，在蘭花叢旁的草地上野餐。麵包、起司和葡萄，陽光燦爛，蘭花芳香。

老實說，當這一幕映入眼簾時，我就喜歡上它了！

蘭花不再是必須跋山涉水才能一親芳澤，它還能深入生活！

即便如此，設計者也沒有讓蘭降尊紆貴，而是精心製作了四位主角的衣飾。每個「人」的衣服剪裁合身，配色甚為耀眼。河鼠粉紅色上衣搭灰色長褲；蟾蜍灰色西裝搭紅襯衫、黑領帶；鼹鼠棗泥色長褲、鮮紅色扁平帽；至於獾，黑色長大衣內是深米色毛衣和紅格子襯衫，加上他黑白相間的「頭髮造型」，簡直是時尚中的時尚！即使生活在現代社會中的人類，也沒有穿得如此講究去野餐的吧！還有那個巧編竹籃，在在告訴賞蘭者，野餐也可以貴氣，這貴氣不在吃的豪華，而在氣氛的高貴！

《柳林中的風聲》第一章——「河邊」。

春天來了，鼹鼠一大早就忙著清掃他的房子。先用掃帚掃過，再用雞毛撣子撣，然後又拿了把刷子，提著一桶石灰水，爬梯子、上樓梯、搬椅子墊腳，不停地收拾他的小屋子。忙忙忙，灰塵嗆住他的喉嚨，全身的黑毛也被石灰水濺溼了。當他不小心掉下來滾到草地上時，他跑呀、跳呀、走呀地滾到了一條河邊。哇！那是他第一次看到河這「玩意兒」。鼹鼠坐在河岸邊，好自在、好逍遙，彷彿潺潺河水都在跟他說話一樣。就在這時，他遇到了喜歡駕船的河鼠。

河鼠是個慧黠的詩人，他住在河邊，對水性甚為了解。河鼠邀請鼹鼠坐船，鼹鼠興奮地對河鼠說，那是他第一次坐船！河鼠很熱情，邀請鼹鼠到他那外面漆著藍色、裡面漆著白色的家中。

老實的鼴鼠問充滿哲思的河鼠說：「你真的住在河邊嗎？那種生活一定很愜意吧！」

河鼠回答的這段話，或許就是作者的內心話——

> 裡面或外面，並不重要。沒有任何事是所謂「真的重要」，在乎的只是它給人的誘惑力罷了。不論你離開或不離開；不論你到了目的地或得到其他東西，或者你根本就沒有得到什麼，這些都足以讓你忙得團團轉，到頭來，你其實也沒有認真地在做任何要緊的事；當你完成一個目標，永遠有另一個等著你去完成，如果你喜歡，當然可以做，但你卻是一點也不想。就像現在，如果你沒有其他事情可做，我們不妨順著這條河，度過這長長的一日。
>
> 河流就像是我的兄弟姊妹，我的阿姨、嬸嬸，我的同伴，我的食物和飲水，當然，它也是我沐浴的地方。那是我的世界，我對其他東西沒有任何慾望。沒有得到的，就是不值得去擁有的，你所不知道的，是不值得去了解的。
>
> 現在的河岸太擠了，人們來來往往，河流，已經不像河流當初的樣子了……

每個人心中都有個隱祕、不為人知的花園，榮枯繁摧，箇中風景只有自己了解。時間滔滔而過，站在河的這頭望向那頭，彷彿只有走到人生的某種境界，才能體悟到，得與失其實是一體兩面。歡者不需歡，悲者也不需悲。就像那條讓鼴鼠讚嘆不已的河流，在鼴鼠的眼中是世界美景，但在看過、走過無數河流的河鼠眼中，那不過是一種物品的代名詞罷了，何況它已失去了原來的面貌，誰記不記得它的廬山真面目，也不重要。

作者藉河鼠的話語，吐露了他對人生和當時社會的看法，也讓人很輕易地讀出作者渴望回歸大自然的心。

河鼠沿著河岸行船，到達河的另一岸後，鼴鼠喊餓，要求趕快打開餐籃吃中餐。「兩人」忙著在草地上鋪餐巾、開餐籃，鼴鼠就在風光明媚的午後，享受了他豐盛滿足的一餐。

而後，在「兩人」和水獺的對談中，讀者認識了忠厚的獾，他們準備去拜訪「一向好脾氣，很高興朋友去，但很難過朋友要離開的蟾蜍」。

向來賞花是靜靜地欣賞，屬於心靈品味，自我獨享。這次賞蘭的樂趣，卻因這一景而盎然。賞蘭的途中，一直留意下一個景在哪兒？設計者準備用哪一個故事情節來襯托？

我的眼光停留在一個學走路的小男孩的咯咯笑聲中。小男孩走得不穩，跌跌撞撞地來回跑著，順著他手指的方向，我也看見了。

蟾蜍穿戴著鵝黃上衣、紅扁帽，坐在寶藍色的拉風跑車上，一臉「你們想攔我？你們試試看！」的表情，他的三個好朋友分別站在他的身旁。一看到此景，再看到他們身後寫著「旅人客棧」門匾的房子，我馬上就想到了，這一景正是蟾蜍享用過豐美的一餐後，不聽朋友勸告，準備開著偷來的跑車（書裡寫的是motor car）遠走高飛。

蟾蜍是個麻煩製造者，愛飆車出風頭且愛車成癡，因為偷了一部車，被警察捉到，鋃鐺入獄。黃鼠狼乘虛而入，吞佔了蟾蜍的家產，蟾蜍為了奪回屬於自己的一切，在三位好朋友見義勇為的協助之下，展開了越獄脫逃、躲避警察等一連串驚心動魄的奇幻冒險之旅。最後在好朋友勸解下，終於改過向善，做一隻「好蟾蜍」。

蘭園設計者巧妙地將蟾蜍抵擋不住自己愛慕虛榮的慾望，及好友們助他脫離難關的情節，融入花展中，不僅在靜態的花展中注入一股活水，也美化了蟾蜍莽撞行事的過程。

第三景是河鼠提著包包要離家出走了！是什麼事讓河鼠這麼傷心呢？

河鼠身旁陪伴著獾和鼴鼠，而蟾蜍呢？瞧他頭戴竹編帽，身穿水藍色紳士服，口袋裡還掛著一個懷錶，遠遠地站在高高的小石山上，一副「萬事不關他事」的模樣。可是，好朋友幫他解危，他怎麼可以這樣一副漠不關心的表情呢？

獾穿著銀灰色西裝、白襯衫，領口還翻出西裝外，綠背心、深米色麂皮鞋，煞是好看！鼴鼠身穿寶藍色長褲搭配便鞋，至於離家出走的河鼠，則是呢布西裝外套、亮橘色長褲，說有多亮眼就有多亮眼！

賞蘭的興致全被蟾蜍的奇幻之旅所取代，一直想看看，蟾蜍如何完滿這一趟蘭花之旅？

最後一景設在蘭花展的出口。

河鼠穿著水手服，和戴著橘色扁帽的鼴鼠駕船外出。春日郊遊，真是好興致！但他們為何要背對著遊客呢？他們面向裡面，又是為了什麼？

我走過花團錦簇的一面，繞到另一邊，再順著他們的眼光望去。哦！原來他們的目光都集中在坐在潺潺流水中的石階上、身穿紅條紋襯衫、悠悠哉哉地釣著魚的蟾蜍。

怎麼只有兩個「人」？獾呢？用眼光再尋，原來他站在另一端的角落上。

兩隻鼠朋友以不捨的表情望向蟾蜍，彷彿是在道離別似的！

從入口走到出口，蘭展結束，設計者借物取義，也在和賞花者道別離了。

我身旁穿梭不息的人潮中，不時傳來老太太們的低笑聲：「你看，蟾蜍還是那麼調皮！」，還有老阿嬤對她們的孫輩們說：「你看看，那是河鼠，那是鼴鼠，哦，他們要離開了！」她們的聲音或許低緩、腳步或許蹣跚，然而在她們的聲音和表情的光輝中，我似乎看到了隱藏在滿臉皺紋後那一張張童稚無邪的臉龐！

再次走到蘭花展的入口。我仔細觀看牆上的那幅海報，蘭花展設計者匠心獨具，將彎彎的河流設計成行人步道，賞蘭者經由步道，進入蟾蜍、河鼠、鼴鼠和獾的家，以及他們的友情世界。

一幅圖囊括了四個好朋友的生活，一場蘭展讓我見識到，現實與理想是可以同時存在的。

蘭花展收票口白髮蒼蒼的老太太，每個月都撥時間到植物園當義工。我問她：「你讀過蟾蜍的故事嗎？」

她語氣高昂地說：「讀過，讀過，我小時候就讀過了，你不覺得他們好可愛嗎？」

我笑笑地點點頭。問她多大歲數，她微笑著說：「七十六歲囉！」高齡七十六歲卻仍到植物園做義工，與花為伍，她的生活必定因花而豐富、而芳香！

小時候在臺灣，家境狀況不允許買童話書，為了滿足閱讀的慾望，省下平常一丁點買麵包的錢，全拿去買書，印象最深刻的兒童讀物是歐茲國系列、亞森羅蘋和福爾摩斯，日子中最快樂的就是「柳暗花明又一村」的閱讀樂趣。

來美國後，發現美國的孩子真幸福，學校有圖書館，每個年級、每間教室也有著各式各樣的書籍。美國的家長也大方，每逢家長會時，人手一張老師開的書單，滿足教室圖書館的新書量。世界上能有幾個像美國這樣到處都看得到書、閱讀得到書的國家！

曾經讀過蟾蜍系列的故事給孩子聽，那時不知那是家喻戶曉、有著百年歷史的童書，只覺得蟾蜍好幸運，即使老闖禍，他的那些好朋友們，總對他不離不棄。

孩子大了，童書不再滿足他們，他們喜歡情節刺激的故事。有關蟾蜍的童書，也在一次車庫拍賣中，被一個帶著三歲男孩的美國婦人買了回去。

存著回味的心，我去Border書店兒童圖書部門重新買回了《柳林中的風聲》（The Wind in the Willows）這本書。

《柳林中的風聲》是英國兒童文學名著之一。作者肯尼斯・葛拉翰（Kenneth Grahame, 1859-1932）五歲喪母，與外祖母住在泰晤士河畔的鄉村。此書大部分的場景，就是他童年時生活環境的寫照。作者四十歲時與尹佩詩結婚，次年生下獨子阿里斯泰爾（Alistair）。

阿里斯泰爾在四歲生日的晚上哭得很傷心，葛拉翰為了安撫孩子的情緒，講了一堆有關長頸鹿和河鼠的故事給他聽。孩子聽得津津有味，這一講就講到他十二歲。葛拉翰在銀行事業上有所成就，常常為了應酬而晚歸，但當他一回家，第一件事就是到兒子房裡講故事給兒子聽。即使事業上的成就帶給他財富，他從來沒有把社交生活當作人生中最重要的一部分。

阿里斯泰爾在一個夏天，隨家庭教師住到海邊，葛拉翰便以寫信的方式，持續地講著故事，這十五封信就成為《柳林中的風聲》的故事。（在友人的建議下，他將這些故事改寫成書。）他對大自然的熱愛，在書中表露無遺，他以鼴鼠、河鼠、獾和蟾蜍為主角，除了保留動物本身的個性，也加入他對人性的了解，藉由動物各自的作為，反映他對人性的洞察與了解。

不幸的是，阿里斯泰爾在二十歲時因為一次火車意外事故過世。夫妻倆搬回老家，從此過著隱居生活。

一九〇八年《柳林中的風聲》出版後，讀者為書中動物們之間的友誼、生動的故事情節所吸引；書重印、再版了很多次，為他贏得了極大的聲譽。

誰都有夢想，都有想要完成的心願；礙於現實環境及種種困難，有些人將夢鎖在心中慢慢咀嚼，像河鼠；有些人則不顧後果、不甘於現狀，先享受再說，像蟾蜍。有些人則思維嚴密，謹慎出手，對朋友忠實，像獾。有些人，安安穩穩，把家當作安身立命的地方，不論身在何處，總能嗅到家的方向，像鼴鼠。蟾蜍，大而化之，享受人生、熱愛生命，想要的都要拿到手，可是心太大，有時無法承受住慾望的巨大力量，所以屢屢犯錯，然而，有哪個人是不犯錯的？

讀《柳林中的風聲》，處處可以品味到葛拉翰「離開」或「不離開」的矛盾。這對身在美國的外族裔而言，真是銘心有感。

當書出版時，葛拉翰是否在書中重溫父子時光的快樂？抑或在寫作和出版中，對人生無常的難能迴避，更有深刻的覺照？

人世到頭終一路。就用河鼠的話來說，不論住在哪裡，在哪個國家的高山上、流水旁或森林裡，那都無關緊要。活著時，就只有以歡喜的心態，善待眼前的人事物，至於身後的、身前的，都已無力、無暇去煩惱了。

或許這也是賞蘭人潮中的老先生、老太太，以及收票口那位七十六歲的老太太，說起《柳林中的風聲》時，雙眼仍然閃著亮光的因由罷！就像陶詩中所寫的：「覺悟當念還，鳥盡廢良弓」。

一天晚上

讀佛經已維持一段很長的時間，原先只是為了試圖由釋迦牟尼佛三藏十二部言教中，了解佛教的義理及哲學意涵。一部一部讀下來，原先的意圖已被顛覆，反而在讀經的過程中，與「字」進行深刻的接觸。

當我剛開始讀佛教經典時，最讓我感到不可思議的，是佛經裡將字的用法與字彙結合，跳脫了制式的思考模式。一開始，以世俗解義，剎時如同掉入迷宮一般，處處是荊棘；讀了一段時間，方才豁然開朗，就像在一個昏天暗地的空間裡，看到一絲曙光。

就以「色」字來說吧。

心經的「色不異空，空不異色」，什麼是「色」，甚麼又是「空」？佛家太強調「空」，如果真要「空」掉一切，那麼還需要做人、做事嗎？如此，要這世界做什麼呢？初讀經典時的我都依照字面解釋，陷入了表面的陷阱。繼續探究與深入後，方才領會那「色」是代表所有可見的現象界，如人的身體、穿的衣服、桌子，乃至大自然的花草樹木，而非鄙俗的慾念。「空」是不固執於既有的一切，雲且讓它是雲，風且讓它是風。數學觀念所教導的「負負得正」，在此正好派上用場。「不」和「異」就是「同」了。「色」同「空」，「空」同「色」，如此，方可解釋成一個人要「堅持」而不「固執」的處事態度。

理想可追尋，幻想卻可喪志。「不」與「異」既聯結了現象界與非現象界，同時也顛覆了世俗所謂的世界觀。人外豈是只有人，天外又何止只有天！佛家其實有積極的入世性，卻被誤解的「空」延緩了信仰的腳步。

一個字的用法有萬千，而約定俗成的用法在佛經裡卻是另番天地。時日久了，甚至興起意念，在當時造字的過程及演變的歷史長河裡，「字」所扮演的角色與功能，必定迥異於現代的用法。

這個肯定的答案，其實已昭然若揭，只不過在時代的推進中，我們遺忘了「字」所扮演的「傳達」角色，而過度著墨於它的外表與內在，汲汲營營之下，忽視了它原本的單純面目。

讀經的日子，是最快樂的時候。許多人世間看不慣、想不透的事情，往往在佛經的三言兩語中找到突圍的方法。黑暗、鬱沉、桎梏的情緒，慢慢找到一個抒放的出口。

念著一個人、想著一件事，久遠以前難忘的景物，常常在自以為放開時，突然在夜間的夢裡，以另外一種「彷彿是真實存在」的景象搬演一遍。日有所思、夜有所想，佛洛依德以潛意識來解夢。其實佛陀也是解夢的箇中好手！「心無罣礙，無罣礙故。」心裡沒有放不下的，夜裡自然能有好眠！多夢者與無夢者的差別，也就在這放開的程度大小而已吧！

一天晚上，讀罷佛經，坐在客廳裡，萬聲俱寂，縷縷沉香迴盪於室。那樣沉靜的空間與時間，是一天當中最舒服的時候。

家事已畢，公事亦了，丈夫、孩子早已入睡。清清朗朗一個人，完全屬於自己，不用分割給俗務，腦筋特別清明，身體也特別輕盈，能真實面對自己的美好與醜陋。一天中能有這樣的時刻，夫復何求。

我瞧見書桌上一個長方形的物體，雖然燈光不夠明亮，我知道那是一方被我久置的硯臺。像是「終於等到你」似的，那方硯臺終於耐心地等到了放在我面前的時刻。

洗筆、磨墨，攤開一長落宣紙，將經本置於經架，當一切準備妥當，就著一盞小燈的光暈，我抄起了《愣嚴經》。

毛筆點刷過宣紙，沙沙聲響在近於無聲的晚上，像翻過浪頭的大水，來勢澎湃。勾撇之間，感受到紙的纖維因水分的滋潤而舒張、因筆的摁壓而有生命。在紙、筆墨與字三者之間所產生的相依關係，如如實實是一個人生的開展。

落筆的手顫抖著，深恐寫錯了字，又怕歪歪斜斜，不成直行，壞了整體的美感。墨深、墨淺，字大、字小，懸念的心拉長時間的距離，一個字背著千萬斤重的期待，寫得不好是必然的。

放下筆，從頭看起。

剎那間懂得如何調適自己的心。把牽掛交給未來。就專心地寫，只為寫而寫吧！

再次落筆，順暢多了。

阿難遇劫，佛陀應供完，匆匆趕回，囑咐文殊菩薩快去救阿難！句句抄下來，就像阿難問起的心在何處，一結打過一結，一結解過一結。佛陀陪著我、阿難陪著我，度過無數個夜晚。

也是抄經的夜晚，不知何時，眼前的百葉窗外透來銀光。

我起身走到窗前。綿綿細細的白雪自高高的天上緩緩滑翔而下。屋頂、枯枝、地面，附著銀白色的薄膜，在漆黑的天地間，尤為明淨。我的心頓時充盈。那種晶瑩無瑕的美，豈是從人間來的！

我打開門，一陣冷風灌身而入。我提起衣領，將自己裹在厚衣內。眼前白茫茫一片，真美！宇宙間應該有某種無上的精神在對地球進行修護，所以才有四季，才有令人驚嘆的深夜白雪，讓人在無盡的壓力、困頓、挫折、無奈與嘆息中，因為心靈的些許撼動，感受到遙遙天際外，有生命元素在傾聽我們的心聲！

輕輕闔上眼睛，雙手合十，感念十方諸佛的照護，接納我的不足。

雪祭

等待多時，終於下雪了。

入冬以來，氣溫總是維持在攝氏六度左右，雖然風吹拂面，仍有冷颼之感，但是溼度太低，絲毫沒有下雪的跡象。

一直等到氣溫逐日降低，接連幾天下雨，氣溫和溼度配合得當，天空才緩緩飄下點點白雪。攤掌握入手中，只覺冰涼，翻掌再看，卻已融成冷水，自指縫間倏忽垂落。

白雪初降，軟絮輕飄，有如米粒般小，也有如小石子般大的，悄悄貼在衣套外。入室前稍稍擺動，便將它們通通抖落地面，不留一丁點痕跡，像是從就沒來過似的。

站在洶湧的雪勢中，那種被冷氣包圍的惶然，有置身虛幻、不知是真是夢、欲避無路之悸。營造一片朦朧，伺機現身，讓人吃驚，不知身處何境；雪，它是得心應手的。

電影《愛德華剪刀手》裡，愛德華的兩隻剪刀，在院子裡快速、伶俐地雕塑出一尊聖嚴天使。

思慕的戀人旋轉飛舞於從天而降的冰雪中，白裙掀飛，慢動作裡暗暗燃起兩人的愛情火花。

導演波頓曾說，他最喜歡這一幕，縹緲虛無，浪漫又不可欺。

他指的是愛德華的靈魂。

我想，其中應該也有對人心純粹的祈望吧。

之後，愛德華戀愛，再一次得到鄰人的喜愛、圍寵、誤解、討伐，還被警察追捕。最後不得不躲在古堡裡，終其一生，以剪刀修裁美麗的花樹，置外於紛擾人世間。幕終，逃避也成為重建美麗新世界的最佳處所。

尚未被車輪和腳跡踏過的雪地最美。平平整整，像塊剛剛做好的豆腐，純潔無瑕。

偶爾風吹，撩掠雪沙飛揚，旋又復歸於地，又是潔白一片。積雪數日，車痕、腳跡重覆壓踏，軟雪不堪重擊，層層濃縮成硬冰。

彼時之雪，已非白皙，淺灰、暗灰和濃淺不一的黑，看得讓人印象全毀。

來美後第一個冬季，裹著雪靴、毛帽、大衣和手套，滾跳於冰天雪地中，丟雪球、打雪仗，天真浪漫如年幼童稚時。

雪停後，太陽初照，誤以為有陽光的日子比較暖和，便少穿厚衣。推門外出，頓覺冬陽之冷冽比刀割還難受。走在冰封的土地上，宛若置身冰窖，凍不堪言。

回到室內攬鏡照面，兩頰紅咚咚地，鼻樑下掛著涼涼的水氣。頭痛、鼻塞，感冒襲身。

年復一年的訓練，而今竟有被寒帶凍慣的身體，不再輕易喊冷。

重雪紛飄的景象也出現在《齊瓦哥醫生》電影中。

深愛妻子塔娘的尤里・齊瓦哥，同時也愛著情婦拉娜。

妻子臨盆在即，尤里愧疚感作祟，在趕去與情婦道別的回途中，尤里被反叛軍攔捕去前線充當軍醫。

三年後，尤里歸來，是冰天雪地的寒冷冬季，他的汗水與鼻涕在臉上結成一節一節的冰柱。黑色外衣沾上層層跌落的白雪，他的手也被寒雪凍傷，英俊的尤里變成了落魄的流浪人。

徒步行走雪路多時，意識恍惚。遠遠見到前方有個女子，他出口高喊：「塔娘，塔娘。」兩腿飛奔，鍥而不捨地追逐著，當女子以驚恐的雙眼瞪著他時，才發覺女子並非他久別的妻子，只是一個因貧困而逃難的女子。

久未相見，思念之情衝口而出，該是對當年來不及向妻子坦白婚外情的愧歉吧。

尤里歸來後，妻子已逝，女兒不知流落何方。拉娜將他救入屋中，收容他、養他、愛他。時局已變，生活日難。面對可能被收押的命運，尤里和拉娜母女躲藏在已凍成冰宮的舊屋中。追兵在後，天地皆雪。兩人窩在冷床上相擁取暖，渾然不知可有明日。拉娜為了讓尤里能髮膚無傷地離去，騙他將來會再相逢。

冰天雪地裡揮手道別，拉娜的眼睛浮上訣別的淚光。

多年後，尤里年邁失健。他在電車裡見到街上有個女子似曾相識。猛然下車，舊戲重演，追逐著女子，口裡叫著：「拉娜，拉娜」，直到心臟衰竭，氣絕而亡。

兩個女人、兩場雪景，一是將別不自知，一是善意欺瞞。

揮手說再見，塔娘和拉娜的眼瞳，各自述說一段女人的心事與無可理喻的癡頑。

電影裡的雪，不是厚重，便是積雪成冰，重重包圍，造就電影冷峻的氛圍。導演意在言外，全在那些雪幕之中。

多日雪後，街景慘然。

鏟雪車將雪堆積於道路兩旁，來往的車輪濺揚黏有灰土的雪水，積雪的外層如同拿了水彩筆沾著灰黑色的顏料大力揮灑。

行於路中的車輛，車身盡是雪漬和除雪的粗鹽，原來的車色盡失。人、車與建築物，灰燼一色。從雪白至灰黑，中間一段鏟雪、除雪、去冰的過程，是最憂悒的陰霾。

還記得《鬼店》裡看守因大雪而封閉的大旅館，傑克・尼克遜演的，以文字述懷的作家角色——麥克吧！

長久密閉在空曠的空間裡，想像加上臆測、加上幻覺、加上靈異。終於有一日，精神渙散，成為拿斧欲殺妻兒的瘋子。

大雪夜，窗外白雪皚皚，寒風帶雪，周遭瀰漫著驚慄的肅殺之氣。追殺不捨，自屋內至屋外，麥克身陷迷宮裡，以假意示好，誘殺妻子。每個光亮都可能是個出口，尋殺的途中，他也因心臟受不住寒慄，凍死在雪塚裡。

片尾，麥克青色的鬍渣伴著不瞑目的銅眼，憤憤仇望。他的孩子則在妻子護衛的羽翼下，安然逃出他的魔斧。

雪，個性冰冷，就像它的溫度，令人難以長忍。放晴、回暖，無論初始多麼美好純潔，經歷漫漫一段，到頭來，都是面目全非。

雪的角色，剎時變得曖昧，抽絲剝繭仍不得它原來的面目，不知該愛雪前的雪，還是雪後的雪。

寒天立於雪中，分外淒美。

寶玉辭別父親，走回原生世界，是大雪紛飛之時。茫茫中，賈政似疑若猜。寶玉冉冉消失在大雪中，別過頭去，沒有人看到他臉上的表情。

每在雪天立足，常常想起《紅樓夢》裡父子辭別這一節，總覺得紛飄大雪，都是趕來替寶玉和賈政送行的。

是淚別，也是一片茫茫雪花的慶宴。

人人都認為《紅樓夢》以悲劇結尾，我卻一直以為它是以喜劇為結局，若別過賈蘭中舉那段不談。

大雪中，寶玉辭別父親，向父親磕過頭，放下塵世的負擔，寶玉輕快地離去，對這人世絲毫沒有眷戀。

《紅樓夢》裡，寶玉是以背影淡出的，如果能繞過去看他的面孔，我想，應該是滿面笑容的。如釋重負，是做人的大歡喜。

尤里未見過面、無緣的女兒，背著琴，和男友挽著手走在水壩旁。她對父、對母都沒有深刻的印象，對父親轟轟烈烈的一世更恍若未聞。

身世如同一張白紙，聽起來辛酸，換個角度想，能拿著彩筆在人生長路上大筆揮就，不帶一丁點過去的拖延，不也是種福報！

《鬼店》這部由史蒂芬・金小說改編的電影，已是驚悚片中的經典之作。走在文字迷宮裡，無論是陷落或尋找出口，都是種煎熬。

對曾經拿過筆或是敲過鍵盤，以文字自足的人而言，應該最能感受麥克長時間封閉在雪地空屋裡的空寂與冷肅。

只是，以這種洞見真性的方式表現，讓人實在不敢直逼生命中的脆弱本質，而身不由己，向命運之神束手就擒。

由是之地，《愛德華剪刀手》就讓人感到溫暖寬慰，究竟天地之大，仍有容人之處。

北國的冬天若不下雪，便沒有冬天的感覺。

冬天，四季之末，凡事都在這個時候做個了結。

細雪輕飄、重雪疾飛，都有令人動容的驚觸。有始有終。有句點的結束，才有牽引另一個開始的起端。

自秋天落葉開始，儲存整個冬天的能量，也等待著冬天的腳步遠離那天，翩翩露面。

循環成一命，對植物、對動物、對仰以鼻息的大自然而言，冬天是一個令人期待的季節，尤其是有雪的冬天。

輯四　季節的風

和春天有約

一

清晨，睡眼仍迷濛。有隻聲音清脆的鳥兒，站在窗外的枝頭上，悠悠吟唱，炫耀美麗的聲音。

厚實的布簾擋住鳥兒的身影，卻擋不住牠停停續續的妙音。

天微微亮，往來的車輛行過昨夜下過雨的路上，刷刷不止。

早起散步的狗兒，偶爾嗯哼兩聲尚未開敞的嗓音。

緊接著，說話的人聲漸漸多了起來。

想來是無法再在柔軟的床墊上耍賴，必須向這麼多可愛的聲音道聲早安才是。

推開門，草地上一片擺脫不掉的露珠，盈盈欲滴。有好幾朵野菇擠在一起，躲在溼土和矮樹叢下面。

小松鼠不怕生的在不遠處尋找落在草堆裡的果核。牠尋找果實的動作，引來成群的鳥兒，齊齊地落在草地上，心無旁騖地尋覓著。

清脆的鳥鳴，依舊自樹梢傳來，絲毫不為同伴所動。

走近鳥兒獨站的樹下，還牠一個美麗的笑容。粗壯的樹幹，冒出一小撮鮮綠的樹芽，膽怯地縮在樹皮間，等待同伴的到來。

有風吹過，去年冬天的枯葉仍有些尚未掉落，發出沙沙的聲響。鳥兒咿嗚一聲，展翅飛遠。揮手和鳥兒說再見，約好明天一起賞春光，聆聽春天的腳步聲。

二

「近來寫詩嗎？」

「久不寫詩，詩心早已遠離，待他日吧！」

記得看過的電影中，喜歡寫詩的郵差，日日爬山涉嶺，只為一睹詩人的臉龐，藉著觸摸寄給詩人的信件，感受詩句的跳動。坐在海岸邊，任海風徐徐吹拂，捕捉詩人所說的寫詩的心情。

流淚看完的影片，印在腦中，揮之不去的是郵差狂烈的詩心，這是我們共同的默契。你大概忘了，還是讓我吟念才寫就的詩篇，或許能喚回你所謂的，早已遠離……

我們缺席的丈夫
是失落的母親
親愛的孩子
送出的孤獨
選擇成為夫妻
相擁而舞
圍繞成圈
自成秩序
在母親與孩子間
循環失落的角色

握住你的手，說不出的痛心。抹去你旋在眼眶的淚珠，才看到留在四周的黑痕。能說什麼呢？你的詩是如此的傷痛，你昨夜的失眠，想必又是為了丈夫的離去。

你的詩實在不適合在如許明媚的早晨吟唱呀！詩人恐不樂意呢！讓我吟一首詩人梅新的〈春風〉給你聽吧……

圓著嘴
吹
生活在
春天裡的
都知道我吹的是
春風
圓著嘴
吹
我要將一朵
渾身都是春雨的
雲

吹到
春耕前
聽到犁響
聞見牛嗥
就盪起春意的
那塊
田的上空
下著春雨
風裡的春雨
是
斜
斜的
宛若
少女的裙襬

圓圓圈起我的嘴，送到你臉上，假裝是春風。你漾開久違的笑容，反而起身牽我的手，推窗看綠草蔥蔥。

恰有一隻鳥兒飛過，留下一串串快樂的歌音。

興奮的告訴你，這隻鳥兒和我有約，日日清晨為我吟唱屬於春天的歌。

你又笑了，淚角帶著春風。

三

「急件！初生的寶寶需要取名，幫我想一個好名字。」

電子信箱傳來你急切的索求，讓我喜樂、讓我憂。知道經過周詳的測量體溫、食補藥補、姿勢深度、良辰吉時，終於讓你有了男嬰。

連有兩個孫女的婆家，高興得焚香祭祖，感謝祖上有德，一脈單傳的男丁終於有後。

電腦傳來的照片，本來就圓嘟嘟的，被我們暱稱為小胖妹的你，很明顯的又肥了好大一圈，雙下巴垂在鎖骨上，好似唐朝的貴婦模樣。你的手指和頸項掛滿珠玉寶石，閃耀的光芒，連我都看得刺目。

看見你手抱嬰兒的歡喜，胖胖的臉頰像你，厚實的嘴唇像他，忍不住頑皮的想將他取名為「幸福」，如果他的爸爸又姓曾，那可「真幸福」呢！

兩個小姊姊好可愛，圍在你們身邊專注地看著小弟弟。知道你是為了爭一口氣，卯足勁地生了第三胎。

「生完這胎就不生了，管他是男或是女。」

你上封電子郵件是這麼寫的，我注意到，你用的是「他」而非「她」，你的心全被他塞滿了。

你臉上笑嘻嘻的，多年的朋友，了解你不會因為有了小弟弟而忽略了兩個姊姊。高興就好，快樂就好。生男生女都好，母愛是不分彼此和輕重的。

姊妹倆我也曾取過名字，只是你們並未採用。是不是「美麗」和「和平」，你們認為太過俗氣？你很高興，特別早讓我知道這個消息，這點默契，雖然相隔重山萬水，仍是有的。

還是喚作「幸福」好了。你們的模樣，看起來真的好幸福呢！

四

今天無雪無雨，天氣晴朗，早晚稍涼。

後院落了一季的楓葉，經過無數的風吹雨淋和雪降，依然平穩地躺在草地上。去秋火紅的顏色，而褐、而鐵銹，而乾、而脆。拿著耙子，頂上是亮麗的春陽，一行行掃著去冬的記憶。

孩子和鄰童曾在厚厚的乾葉上追踩跳躍，惹來不停的沙沙聲和響徹雲霄的嘎嘎笑聲。

對門的捲毛狗和隔壁的白色波斯貓，曾在上頭翻滾抓癢。

十五月圓時，仰望凌空，翻讀「明月幾時有？把酒問清天，不知天上宮闕，今夕是何年」，喝下一壺壺翻山越嶺、親人寄來的清茶。

初初搬入，四口之家，爸爸圍起手，權充籃球架，孩子們有模有樣的學著Michael Jordan，像兩隻蚱蜢，蹦蹦跳跳，猛往手環內灌球。

乾葉掃就，裝袋。橡樹粗壯的樹幹，滿眼青綠，醒目地在碧藍天幕下閃耀。走過去，蹲下來，撫摸、吸聞青蔥蔥的草綠香。

我知道自己很開心的笑了，忘了雙臂的疲乏。

去年晚秋後，不再在草皮上灑水，完全棄之不顧，而它卻把自己調適得如此之好，仍以去年和春天說再見的瀟灑面目，迎接即臨的春天，能不令人詫異、能不令人心歡嗎？

仔細看，舊草縫裡，有一叢叢新生的草葉正緩緩伸展，如初生的嬰兒，新生命正在滋長著。

五

換上球鞋和輕便的衣衫，出外晨跑。

清早的空氣，芳香新鮮。

社區裡，有幾家已新換了油漆、修剪了花木。隱藏了一冬少見的臉孔，紛紛除卻厚重的冬衣，走出大門和初春道早安。

跑步沿途，說不停的早安、接不止的笑容。跑一圈回來，有點喘氣，也流了一身汗，卻滿心舒暢。

樹前有隻鳥兒，盈盈地唱著春天的歌。春風吹過，掀起髮絲翩翩。

春天，以如此輕鬆愉悅的姿態，和我們約會。

春雨行路

嘩啦啦的傾盆大雨，春雨綿綿無了時，前一秒才放晴，後一秒滿眼盡是雨水。任雨刷辛勤的來回奔忙，也無法讓前窗的玻璃有清爽明亮的時候。

高速公路因為這一陣陣來勢洶湧，頓時陷在雨的陣營裡。每輛車子都自動減緩了速度，平日超車頻頻的現象蕩然無存，車陣長龍緊緊跟著，緩緩前行於四面八方飛濺的水花中。

原本三十分鐘的車程，將近一小時才到。偌大的停車場裡都已停滿。轉啊轉，轉啊轉，竟然在車挨著車的緊塞空間中找到了個空位。

停好車，飛奔進入大廳，廊道裡只有一位狀似清潔工的黑人，可能我這個生面孔引起了他的注意，拿著掃帚的他，兩眼直往我臉上瞧。

我環顧右側，是個擺有電視的小廳，裡頭坐著兩個老婆婆。直接轉去內廳，可能有點不太禮貌。我也怕那個黑人會衝過來質問。

我擺起笑臉走向他。

果不其然，他開口就問：「May I help you?」

看來他是好整以暇地在等我開口了。

「YES，請問，262室，不知道該往哪裡走？」

或許是因為聽我直接報出房間號碼，馬上明白我是來找人的。或許他也見慣了，這棟住了近二十名華裔的老人公寓，常有像我這般年紀的親人、子女來探視。

依照他的指示，我側入內廳，再向裡走，在彷彿無路的地方看到了電梯。當我走出二樓的電梯口時，我一時愣住了，心直往下落。昏暈的燈光和暗沉色的地毯，這樣一個個像汽車旅館、格局次第比鄰的房間，就是唐阿姨住的地方？

這棟十五年屋齡的老人公寓設備還算新穎，每周、每日都有巴士帶老人們去美術館等地方參觀旅遊，華裔愛吃中國菜，也有固定的時間帶他們去採買，以備吃不慣老人公寓的伙食時，可以自己炊煮。

一個人生活看似愜意，無拘無束，然而當團體活動結束，各自回到各自的房間時，那種世界唯我孤身一人的感覺，想來並不是真的讓人很快樂。

為了電腦的問題，我和唐阿姨約好去幫她看看。

唐阿姨住進老人公寓後，學會用電腦，收收E-Mail，看看臺灣時事，在平靜得近乎寂寞的日子裡，能有電腦作伴，她算是有福的。

「人老了，學得很辛苦」，但比起不會用電腦的老人家來說，雖然辛苦，至少沒有與世隔絕，還與這世界的脈動有所聯繫。

她的斗室雖小，卻是五臟俱全。睡床、浴廁、廚房、飯桌、掛衣間，該有的都有了。她殷勤的倒茶，並遞來一碟花生。看我十指紛飛於鍵盤間，她靦腆的笑說：「太快了，太快了，看不清楚，人老了，真是老囉。」

老不見得不好。老人有其因年歲累積的生活智慧與柔軟的人生姿態。

無可否認的是，掌握時代脈動的是年輕人，與主流相呼應的是現世代的孩子。為人父母即便風光一時，當孩子逐漸成長，要有側立一旁的心理打算。

以前曾聽朋友喟嘆，他的孩子拿到哈佛四年的全額獎學金，卻選擇去一個中等大學讀音樂；父母期望孩子上工科，偏偏孩子要讀文學；孩子聰明伶俐，就是耍酷，不愛交作業、不好好準備考試，成績一塌糊塗。這些孩子選擇自己要走的路，父母在干涉不得之下，只好放手讓他們飛翔。四年、八年過去，當年父母眼中不聽話的孩子，迂迴曲折後，重新上路，各自開啟屬於各自的燦爛天空。朋友們有時談起，臉上洋溢著欣慰的表情說，從來沒想過孩子會有這樣的選擇。

成功的定義因人而異。年輕人想闖，缺乏後盾；中年人想衝，瞻前顧後；老年人想撞，卻是廉頗老矣。

等到自己已身在中年圈內時，才體悟到，當孩子想突破固有的桎梏，走一條新路時，如果能放手讓孩子走去，這樣的孩子是幸福的，這樣的父母也是幸福的。

唐阿姨原本住在女兒家，她每日面對著女兒的家庭事務，樣樣關心，卻無法改變女兒的生活方式；她心疼女兒為家付出的辛勞，女兒反而為母親的付出感到愧疚，照顧子女已耗盡她所有的心力，現下又必須騰出心思，照顧母親的情緒。母親與女兒都出於好意，都愛對方，但就是因為「愛」，給彼此帶來了壓力。最後，唐阿姨搬出了女兒家，住進老人公寓。

我去的時候，她正開啟一封女兒回給她的E-Mail。

她問女兒：「老人公寓將帶華裔老人去中國超市買菜，有沒有要幫你買的？」

女兒回她：「不用了，我新買了個燉鍋，準備研究研究，燒頓美國菜祭祭丈夫、孩子的五臟廟。」

這樣的親密關係，加上她臉上心心相印的笑容，實在讓人感動。

世人都不愛聚少離多，殊不知適切的距離，反而是增進感情的良方。

中午，唐阿姨和我在印度餐館用餐。我們討論著印度人吃飯的習慣和各種咖哩色澤與菜餚，談笑間還互相交換著對現世的看法。

用完餐後，送她回老人公寓。她用患有風溼關結炎的雙腳，在雨中慢慢走向老人公寓的大門。我的車向來時路回走，後照鏡裡的她，撐著小藍傘，微笑著與我揮手。一個獨居老女人，用她自己的方式來面對這個瞬息萬變的世界，能說她不懂得如何生活、不懂得珍惜自己嗎？

這世界有太多的人想把所愛的人留在身邊，這世界有更多的人想從愛他的人身邊逃走。愛與被愛都幸福，但如何愛得適情適所，並不是件簡單的事。

回途雨勢已小，濛濛雨絲氤氳窗前，顯得格外詩意盎然。快到家的街道兩旁種了滿滿的山茱臾。紫紅色的樹花，搖搖顫顫，搖得滿空都被潑灑了紫色的氣韻。

想起杜甫的詩：「獨在異鄉為異客，每逢佳節倍思親，遙知兄弟登高處，遍插茱臾少一人。」

在人事更迭、交通便捷、電訊快速的現代，時空的隔閡並不代表不再相逢。一趟飛機往返、電腦視屏對話，影像顯現間皆能解人相思。知道彼此過得好，少憂少煩，是人存在的能量泉源，那也足夠快活好幾日了。

十九朵百合

向來喜歡賞花多於種花。賞花隨時隨性，沒有時間與空間的限制。花展、田野、公園，甚或雜誌圖片、電郵轉寄N次的圖片，都可以帶來歡樂與美的饗宴。種花就不一樣了，投注於上的不是金錢等有形的物質，而是難以計量的時間與心力。

我有好些朋友十分注意花時，何時該種什麼樣的花；什麼樣的花該如何照顧，她們都可以長長地說一大篇。我對她們口中各式各樣的花經不怎麼感興趣，反而是她們生動的表情，讓我深刻感受到，因為愛花而帶給她們生活上的樂趣與蓬勃生氣。

我種花的次數寥寥可數。

剛搬入新家時，想在種滿草本植物的前庭增點顏色。於是在最後一次霜降後，植入鬱金香花種。來年春天，前庭芳草霏霏，花朵綻放，色彩繽紛，彷彿人世間的美全湧冒眼前。

第二年，花兒依然茂放。

第三年，花兒雖如時報到，卻已不似去年有精神。第四年，一樣的地方，不見有花的蹤跡，有的花缺席了。第五年，只開了一朵花，在園子遠遠的另一端。

一樣的花種、一樣的土壤，為什麼每年是不一樣的結果？我找不出花不再開放的原因。照說花種植入土中，季節一到就會開花才是。鬱金香是年生的花，不是嗎？

時間淡忘記憶、消抹期待。我接受了鬱金香從家園中消失的事實，並未興起重買鬱金香，重新再試的心理。或許在某種意識底層，我認定了她的努力和曾有的風華。一期花一期生命，曾經相遇，也該滿足了。

事隔多年之後的一日早上，我走進超市，門口擺了一長列盒子。盒外印製了美麗圖案。我站在如小山高的盒子前，一一瀏覽。身後穿流不息的人潮，時而碰到我的肩膀，時而撞斜我的身子。我定立不動，依然癡癡盯著那五顏六色、印在盒面的花兒看著。

林林總總的圖樣中，我只認得名為亞洲百合的花。白的、黃的、粉紅的，還有一種是粉紅花瓣上佈滿了深棕色點狀的。印象裡，百合溫柔婉約，竟有如此野性的一面，不知是專家的品種培植還是百合家族繁多，平日所見只是部分，難以蓋全。

離開時，不知道是什麼奇怪的因素作祟，我手上捧了兩盒亞洲百合花種，一盒全白的，一盒綜合的。盒上說明是春天開的花。時序已近晚春，為了趕上開花的時刻，回家後，匆匆刨土，植入土內三吋深，覆土，澆上滿滿的水。黃昏的微稀陽光下，手上已是灰土塵揚，看著深埋在土裡的花種，我的意識已飛到百花盛開時。

買回百合花種時，並沒有想過之前從無到有、從有到無的喟嘆。取而代之的是一股莫名的興奮。心底相信，百合一定會以她最美麗的姿態與我相會。因為我是以全然的信任和全心的愛帶她回家的。

一日看三回，唯恐花時過。期待的心牽引情緒流轉。種花原本是為了沐浴在花香之中，感受它所帶來的真善美；不意期待像個欲張未開的羅網，結果尚未定論為何，身心皆已在它的掌握裡。

等待，是種耐心的考驗。

今年春天來得遲，氣候變化也玄妙。三月末已熱如初夏；五月初卻是料峭似春寒。我聳聳肩，莫可奈何地來回徘徊。平坦的土壤，不見突破的痕跡。

倒是接連不歇地印在土壤上的足印，讓我驚覺到春天來了，不僅花兒甦醒，連沉了一個冬天的花栗鼠也醒了。我站在幾個特別醒目的足印中，久久難以離身。足印深入土中，恰好就在種植百合的近處。這些嗅覺特別靈敏的花栗鼠，難不成也聞到了百合花種的香味，想掘之以為食？

陽光絢爛，春風柔吹。日子依然以它二十四小時的行腳運轉。

一場場雷電大雨接連而來，樹枝零落滿地。風吹草長，滿地鋪滿了黃色粉末，那是被雨水打落的花粉。拿起掃帚清理地面時，剎時發現百合不僅衝破土壤，竟也傲然地挺起鮮綠色花葉，葉中隱隱含著兩個花苞。

充沛的雨水滋養種子、柔化土壤，百合次第展現身姿。我蹲下身來仔細數數。一、二、三……十九；明明是二十朵，消失的那一朵呢？是委頓於土裡，還是成了花栗鼠的腹中物？是天生缺少奮勇向上突圍的氣力，還是水分和肥土不足？

曾經歡喜地將她們植入土中，曾經懷想二十株百合像個重逢的大家族，手牽手徜徉於搖曳的春風中，彼此訴說自他地移植到新地，歡歡喜喜的種種。

種子、陽光、雨水和土壤，所有因緣俱足，尚不能圓滿一朵花的綻放。天地中隱然存在的不可知，實有可能扮演著舉足輕重的關鍵，只是凡夫眼不得見罷了。

雖說花草沒有情識，無法言說喜怒哀樂，我的心上隱然有種痛楚，自底處往外擴張。

土壤裡持續出現跳躍的足印，卻很少看到足印的主人。一直認為園子裡風和日麗，平安無事，卻在今天，突然發現一群長得肥壯的紅螞蟻在百合附近團團轉。我心一驚，第一個念頭馬上想到，螞蟻在吃花種。第二個念頭隨即浮現出不可能的答案。我彎腰仔細看了好一會。原來眾螞蟻們是在搬運躺在百合花下，一隻已死亡的蚯蚓。螞蟻們齊心努力為糧食而忙，被乾葉擋住了，牠們會移轉搬運的方向，看著蚯蚓長長的身子浮躺在螞蟻群中，我的心沉沉地落入谷底。這世界上，到處有生物掙扎於生死之間。如蚯蚓，如饑饉成荒的非洲，如貧困的弱勢族群。以生物為食，以花為食。昆蟲世界、動物世界與人類世界一樣，自有與天地共存的法則。

天色漸黑，晚風徐徐拂送清草香。坐在前門，細數天上的閃爍微星。

百合花苞漸放，再過幾星期，我的園子裡將是百合花海，然後採蜜的蜂子成群，當陽光日盛，百合亦將漸次枯萎。明年，再明年，百合或許會像鬱金香一般，由無到有，再由有到無，在我的園子裡失了蹤影。

或許，生命的本質就在不停歇的生生滅滅之中。

我的心頓時了然，過去不可追，來者不可知，活在眼下的分分秒秒，才是踏實。

汗滴禾下土

放眼望去，巍巍六株二十多歲的老松傲立後院。右旁是十棵楓樹，左旁是隔鄰栽種的玫瑰花圃和石塊層疊的小山及潺潺流水。春夏秋冬皆有景可賞。閉目時，遐想當秋風習習吹拂，踩踏滿院橘紅、火黃的片片楓葉，旋舞楓林，實在浪漫。一陣心慌，怕寶貝被人搶去似的，連忙對丈夫說：「買了，買了，就是它了，別看了，再看也沒這個好。」

衝著後院的綺麗風光，終於結束了近十年在美國的無殼蝸牛租屋歲月，有了房子。

工欲善其事，必先利其器。搬進新屋後，開始買除草機、鏟子、水管、噴水柱，和各種在租屋時期想都沒想過的工具。

原本以為走一趟就可買齊所有需要的東西，時日稍久，方才領略，想要擁有美麗花圃和綠草如蔭，就要努力地付出再付出。

清晨，太陽尚在山頭。戴好手套、拿起水桶，澆淋一株株的花朵。走著、澆著，猛然看見松樹林下佈滿的青蔥翠林並非原先以為的青草，而是慘不忍睹的野草。為了避免其綿延不絕，有礙觀瞻，於是開始「斬草除根」。

豔豔日頭漸往上升，汗珠滴滴的從額頭順著臉龐往下墜落。我的手不止歇地掐住一根根野草，不料野草根留在土下，風吹雨淋過後又展露頭腳。我「剛柔並濟」的將草莖左右晃動，感覺到草根已被拉出一半有餘，方順勢往上一扯，毛茸茸的根莖即現眼前。

汗滴隨著日照移轉，加快速度流下。雙手揮就，泥巴漿水卻散佈滿手。

汗流浹背一個早上，也不過清除了十分之一不到的野草。

隔鄰喬治突然出現身旁，小聲地「嗨」了一聲，然後說：「你不可以這樣拔草的。」看我傻憨憨的笑，他用手指著讓我揮汗淋漓的土地說：「我後院有一堆毒藤，被我消滅了，我想你們後院大概也有一些，你這個拔法，難保不中毒。」

我一聽，嚇得連忙將手中的雜草丟掉。

「那我該怎麼辦呢?喬治。」望看雜草叢生處，我只噓嘆了一聲：「不整不行耶，假以時日，雜草長成雜樹，我這整個後院不成了野森林?」

「你可以噴藥。市面上有很多種藥劑，買回來對這雜草一噴，它就死翹翹了。」

喬治越說越有興致，也許他太久沒遇見過像我這樣缺乏庭園維護概念又懂得不恥下問的人，口沫橫飛之餘，尚搬出私傢伙，準備放下身段，傾囊相授。

經過喬治一朝授課，我方才恍然大悟，美國人真是個沒事找事的民族。

依照喬治的經驗，我們搬入時已值初夏，夏天日照強烈，草地容易乾涸，需要大量的水份，一星期兩次，每次半小時左右，而且只能大清早澆水，有了水分加上陽光，青草就能進行光合作用，草地自然油綠。傍晚澆水也可以，但夜晚來臨，溼露繁重，積過多的水分，草地無法迅速吸收，幾星期過後，草皮馬上會生病、長蟲。

除草也切忌過短，寧可少量多次，否則草皮馬上變黃。秋季來臨，青草成長變緩，儲存能量，準備冬天來臨，除草忌頻。冬末，春寒乍暖，趁雜草尚未冒芽，快速灑藥以消滅它的生長力，這當兒也是準備播種植花的時節。入春後，草皮準備就緒，等待新的一年的來臨，必須施肥、灑水，然後再灑一次除雜草藥劑，雜草必能斬草除根，死而殆盡。如此周而復始。

丈夫回家後，我將授課內容據實以告。他半信半疑，傍晚就拿草皮開水。水喉嘩啦嘩啦地噴灑，他也嘴裡念念有詞。大抵是花草比人嬌貴，手續繁複者云云。

清晨，紅雀和藍雀比翼飛過後園，鳥聲啁啾此起彼落，猶如樂聲錚鏦。閒坐院中，初夏暖風迎面吹拂，尚不覺熱意，偶或瞥見鳥兒站走草間啄食。時間停止在從容綠蔭中，不自覺驚嘆大自然的悠適。

周末清早，丈夫前後院走了一遭後說：「我們的草皮有點奇怪，怎麼搬進來時綠油油的，現在卻是黃禿禿的？」丈夫仍在下班後勤澆水，但禿黃處不減反增，讓人憂心忡忡。

喬治的草坪光亮翠綠，交屋前舊屋主曾狡黠地說：「喬治是個老好人，退休在家，你們住久了以後就知道，為什麼他的草坪和花圃是我們這個社區裡一級棒的。」

花草澆水、修剪花木、除草、施肥、種花木，前後院加起來約一畝地，就讓喬治每星期五，天一大早都有工可做。

每當我清晨站在廚房後窗觀賞小兔子和小松鼠在園子裡嬉耍鑽竄時，喬治穿梭的身影卻催我趕快捲上窗簾。要像他黎明即起，灑掃庭園，對素有「花木殺手」之稱的我（花草到了我手上，鮮少有存活的）來說，簡直是太難了。

草皮繼續枯黃，只好找來專家探查。

「你的草皮病了，長了蟲，把葉子吃了，你瞧……」專家從草地上抓了把葉子在我眼前晃盪，葉莖有好些坑坑洞洞。專家再領我在前後院走了一回，直指病處，又說了些不快點處理，整片草園將全部枯黃的慘語。

「我們每六個星期會來整理草皮一次，你的草皮絕對會綠油油的。」

萬分沮喪下，只好和專家簽訂合約。

一星期過後的早上，專家和助手推了兩臺灑藥機，用了十分鐘走完前後院，留下一百美元的收費單。

賺錢辛苦，花錢容易。我越想越心痛。當日飛車至園藝專賣店，舉凡各樣的肥料、除蟲藥劑、掘土挖地的工具，全搬了回家，一心想把「灰手指」變為「綠拇指」。

「你早呀！」喬治笑瞇瞇地對著我道早安。

一連四天，我也學會黎明即起，揮汗整園修花。喬治大概看我頗受教，每天都很主動的和我打招呼，我也趁勢謙虛的請教各種園藝上會遇到的疑難雜症。

搬入新屋兩個月後，突然發現，我已經很自動的一起床就往屋後走去，拿起水管噴灑。原本垂頭喪氣的花莖，有一天竟然挺直莖幹，長出花苞，開出美麗的花朵，迎風招展。一株、兩株，好多株，園裡顏色漸增，我的心如飛翔鳴叫的鳥兒，舒暢歡喜。揮汗如雨的辛勞，終有成果。

坐在院子裡，吹風喝茶。躲在樹叢深地間的蟲兒悠悠吹奏著。

月兒閒掛樹梢，隱隱照映樹間花蔭。隔鄰的小山依舊流水潺潺。

大地一片寧靜，唯風、唯月，唯天地與鳥蟲。

心湖裡揚起王維的詩：「空山新雨後，天氣晚來秋。明月松間照，清泉石上流。」

與大自然共眠，真好。

三個男人

一、公公

度過時差調整期，我的公公開始仔細查看前後院。

有花有草處、無毛無葉地，全在他的視察範圍之內。前庭、後院可以打球，一壘到本壘都有可跑之處。

夏天，架個塑膠圈，可以游泳。

秋天，在落了滿地的楓葉叢中彈跳、歡叫。

到了冬天，還可以從後院最高處坐滑板溜下，享受滑雪之樂。

起初我以為，在臺灣大概鮮少有人家的住宅，具有如此寬廣的庭院，他是好奇兼新鮮罷了。

約莫兩天過後，他已摸清楚房宅建築及各式工具擺放的位置。斧頭、釘耙、鋤頭、大剪刀，「手到擒來」。

清早天微微亮，他與婆婆到社區走一圈散步。才入門，未吃早餐，揮衣捲袖就爬上樹梢。喀嚓喀嚓，後院十數株樹的枝葉，如颱風過境，頻落草皮上。他的動作迅速俐落，不假思索，彷彿在臺灣自己的住家一般熟悉。

想必這些天，他的腦海裡都在盤算，如何整頓我們家那座讓他覺得不夠爽亮的後院吧。

「整排樹擋住陽光，視線不好。草沒陽光可曬，難怪你們的草皮不油亮。剪一剪，你們看，多清爽呀！」他赤著腳丫子，橫跨樹枝間，手裡的大剪刀在太陽才剛剛升起的藍空中揮舞著。

掉落的樹枝，被他剪成小段小段的，圍在樹幹周圍，形成一個個的圈圈，說是具有美化景觀兼作堆肥功能。

他上樹、下樹，跑近、跑遠地看了很多次，很滿意自己的傑作，照了好幾張照片，以為紀念。

樹剪完後，他走到前院修剪花叢。

大熱天之下，看到他兒子推著除草機走前走後。他跟在除草機後面，兩個眼睛朝內、朝外地猛瞧。

等到讓他瞧出一丁點心得，好說歹說，從他兒子手上奪過除草機，想依樣畫葫蘆地剪除雜草。不料除草機的起動力強勁，從來沒有除草經驗的他，一路被拖著走。草皮上馬上現出一道道彎扭的「跑道」。

他兒子見狀，連忙搶過來繼續幹活，繼續揮汗如雨。

父子倆搶奪除草機，最後他讓給了堅持的兒子，還被吩咐去蔭涼下待著，免得中暑、曬傷。

公公拿起掃把，把兒子的話當耳邊風，在車道上努力掃去飄起來的細草。

沒想到有那麼一天，他竟然有意無意地對我說：「美國女人真能幹，我和你媽媽去散步，常常看到她們也在除草，你要學學她們。」

剎那間我才明瞭，他是心疼兒子在大太陽下除草滴汗的辛勞。

後院有一片七里香樹叢，我說想把它鏟掉三分之二，放個籃球架，小孩、大人都能運動。

公公一聽，二話不說，拿著斧頭，揮汗將它連根拔起。

整理了一早上，又四處踱來踱去。見他蹙眉摸臉，不曉得又想到什麼好主意。

傍晚，他要我帶他去園藝店，搬回大大小小的石灰磚塊。

匆匆扒過幾口晚飯，他放下滿臉狐疑的兒子，獨自衝往後院。挑燈夜戰，在後院鋪出一塊塊花圃，填泥畫畦。

一行行種滿菜苗的園圃於焉誕生。

我原本寄予厚望的籃球場，同時幻滅一空。

住久了，該做、能做的也差不多都做了。他開始無聊起來，整日喝茶，遙控器從第一臺轉到最末一臺，看得最多的是電視直銷臺。

他說，反正新聞聽不懂、連續劇看不懂，只有這些賣東西的頻道，不需要基本英語聽、說、寫的能力，看了畫面就懂在說什麼，他還能應付。

夏日午後總會來幾場大雷雨。園裡已找不到工做，電視節目又千篇一律。公公閒極無聊，皮箱拿出拿入，同樣的東西整理了好幾遍。思鄉情緒開始作祟。

走到廚房時，瞪著兩個大烤箱，突然「福至心靈」，問道：「你有沒有麵粉、麥芽糖，或是發粉、砂糖之類的？」

不該有的沒有，該有的也沒有。二話不說，開了車就載他去中國店採買。

大家以前開過糕餅店，雖然我嫁過去時未親臨其境，但在家人描述的過程中，知道他有兩下子。

水油皮、油皮，做餡，只能來回摁壓，不可搓揉。冬瓜糖切碎，炒肉末。浸泡紅豆，烘煮、悶爛後，以濾網過濾。

就看他一捏一轉的，綠豆椪、紅豆餅，在烤箱內蓬鬆發漲。咬下一口臺灣式的又甜又鹹的喜餅酥時，當年做新嫁娘的情景猛上心頭。歲月，就在一口一口的吞嚥中浮起，輾轉而後流逝。

公公說，美國式的大烤箱，讓他想起年輕時為生活奔忙的記憶。那時候，為了生活，全家大小擠在狹窄的二樓。煮紅豆、炊餡、烤餅，從阿嬤到孫子，每個人汗流浹背，像群「螃蟹家族」。

取過紙筆，他寫下糖、水、油等各項酥餅的分量。「中秋節時，你就可以自己做中秋月餅了。做太多，你就送給朋友，不然拿到中國店寄賣也可以。」滿足和一種難以言喻的愉快神情，綻放在他的臉上，形成一紋紋不滅的海波，久久不散。

在洛杉磯等待回臺北的班機，他說：「你們怎麼不住在這裡？說臺語嘛通，也不用轉機。如果住在這裡，我們要來看你們，方便多了。」

櫃臺內，航空公司的職員正用閩南語和旅客溝通，不懂英語的公公感慨萬千。他的小兒子一家人遠渡重洋，住在遙遠的美國中西部，讓他的心時時浮在半空中，想見，見不著，想關心，也無從想到就說。

班機內，公公的眼睛闔上休息。

兩個孩子也在座椅上翻滾入睡。

搭機、候機、轉機，近二十個小時的航程即將到達終站。航空小姐緩步行走於夾道，準備降落的程序。

結婚十多年來，這三個星期是和公公相處最長也最親近的一次。在他的面容上，我彷彿看到我自己父親的身影，寸寸關心，分分愛心。

好像到那時，我才深深地將他當作我自己的父親般親愛。

而我的父親正在中正機場，等待他近四年未謀面的獨生女兒。

二、父親

經過十年歲月，爸的身形愈益脆瘦。走在他身後，看著他兩條枯槁的瘦腿，有一股難以抹滅的鼻酸。

越洋電話裡，他的聲音仍大如宏鐘，像要和人吵架似的。他錯想相隔遙遠，唯恐不說大聲些，他的女兒聽不清楚他的聲音。

他不懂得，他的聲音，即使闔上眼、掛上聽筒，仍時時響徹我的腦海、我的心上。而我也學會辨聲聽音，從音量大小揣測他的健康狀況。

長距離的分隔，沒有擴大彼此的生疏，反因思念的沉重，鐫刻情感的深度。

有記憶以來，爸和我之間最常發生的事就是抬槓。

我不服他，他說不動我。投降的永遠是他，因為我不讓他贏。末了，他還不服輸的說：「生了一個女兒，性子像條蠻牛。」

回家兩個月，爸和我是互看不對眼。

面對面，揭開了重重思念的紗巾，在他面前，很自然的又恢復了抬槓的蠻牛本性。

每次聊起天，他都會說上好幾遍：「你和以前不一樣了……現在換你來給我勸告了……，你知不知道，你是女兒，我是老子。誰大？誰懂得多？跟我抬槓？簡直像條牛！」

距離我上次回臺探親已近四年。

這四年，添了老二，兩個男孩在生活與課業上耗費我甚多心力。閱讀與寫作，邁入冷靜與反思，常常在生存與生活之間互盪翹翹板，是我思想與成長幅度最大的時日。

美國中西部的簡單少變，沒有夜生活，鮮少餐宴酬酢，有餘時思考自己、思考未來。

變，是應當，不變，才可怕。

只是，爸一直把我這個家中的獨女視作珍寶，需要時刻叮嚀、時刻看護，期望我長大成熟，又怕我太過懂事，反駁他的論調，爭論於焉產生。

廚房，是爸最常去的地方。

由於胃癌，他的胃已整個拿掉。從手術房撿回來的這條命，他分外珍惜。不吃多，不吃少，生病再不得已，忍著痛也不吃藥。

醫生把腸子拉上來聯結食道，一腸兩用，兼作胃囊。腸在命在。

為了延長這條命，他每天早上自己在廚房燒湯、切鱸魚，佐以紅蘿蔔片和青蔥，煮麵當早餐吃。

爸好心送我一碗他親手下的「長壽麵」。

在嘴裡胡嚼一通，我勉強嚥下。

哇！不辣、不鹹、不甜、不苦，整碗麵就一個味道——魚味，實在有夠難吃！

吃十多年會不膩？

「保命都來不及了，還有力氣嫌難吃。」聽在耳中，無盡悽涼。

曾經講究美食的爸，竟淪落到以食維命。

煮久了，手也精了。

廚房的油煙排除，廚具擺放的順序和位置都有他的規矩。

下過幾次廚、洗過碗，他都很不以為然的又重新再做一次，到頭來，他乾脆不讓我進廚房。

「你做過一次，我還要再清一次，還是讓我自己來。」

於是，我明瞭家人說的，爸變了，他變得吹毛求疵，變得有潔癖，變得很頑固。也就懂得媽媽在一旁，臉上微笑不語的表情。

事實上，爸凡事講求完美。他律己甚嚴，一切從本身做起，做到了才要求他人。然則各人標準不同，很難符合彼此的要求。

每回和他說，天下事都有彈性，沒有絕對與必然。一聽到我說時代變了，觀念不同了，他的表情馬上浮現出一副不以為然的模樣，甚至還有一點隱藏得很辛苦、不想傷害我的不屑。

然後，「原則說」隨即脫口而出。

依照「原則說」，凡事方法可變，原則不可變。原則若變，做人處事即無規範，生活亂了步調，世界就完了。

聽起來，還滿嚴重的呢！

客廳裡，隨時可聽到我們父女倆的抬槓聲，而家人早已習慣做壁上觀。

我在爭什麼呢？

後來仔細想想，在「家」的氛圍中，我仍是個還沒長大的黃毛丫頭，而爸不僅髮疏齒落，一身骨架也似將一傾而散。

我在爭什麼呢？

回臺期間，正值腸病毒肆虐。爸甚為著急，哪都不准我兩個孩子去，只有待在家吹冷氣最安全。

早餐，他清晨運動時買了回來，怕外孫的美國胃不習慣，特地去買麥當勞。牛奶、養樂多堆滿冰箱，只要剩不到兩瓶，撲撲通通，他不動聲色地就下樓買。

出去吃飯，點菜前先問：「你兩個孩子喜歡吃什麼？」

「隨便，點什麼吃什麼，不用太管他們。」

「怎麼可以隨便？小孩子營養最重要。隨便？我和你媽媽在你小時候可不是這樣對待你的。」說得我真想摀著臉，鑽到桌子底下，免得被誤會虐待兒童。

走太快，連聲說：「小心，別摔了，走慢點。」

「哪個小孩沒跌過。小孩子就是在跌跌撞撞中長大的，沒關係，跌倒了再站起來就好了。」

爸不說話，給我一個深狠的眼神。

「起碼，你也得扶扶他。」

「不必了，沒多嚴重，對不對？」我前半句對爸說，後半句對小兒子說。

小小子見我沒有將他扶起的打算，直膝將起。

爸迅雷不及掩耳地將小小子抱在懷裡，問他疼不疼、痛不痛。

爸牽了小孫子往前行，理都不理我。在「為人母親」的欄目內，他一定給我打了個不及格的分數。

自從動了大刀，將胃拿掉，爸嗜喝茶。他茶具俱備，晨起至就寢，不時在泡茶。綠茶清爽解渴，據報導，還可防癌。

早上進他房間，像放錄音帶似的，他必定對著我說：「來，來杯茶！」

晚上睡前，也不管茶喝多了，是否能安眠入睡，他也「來杯茶」！他日喝夜喝，成了「喝茶族」，也不顧念我沒有深夜喝茶的習慣。茶「菁」留在體內，以致常常如廁，夜深不寐，數羊、數牛、數馬數得眼冒金星，直至白日初升。

「來杯茶！」成了父女倆每日最常說的話。

舉杯喝茶的當兒，他的眉頭蹙鎖，眼睛看著電視，不經意透露出藏在內心的話語。

老人寂寞，而唯一的女兒多年方見。我只能噤聲，任其流洩生命裡的起承轉合。

父親節時，公公北上來看爸。

爸那天早上像在歡迎他久未見面的朋友一般，灑掃擦抹，果汁、茶水備就。人還沒到，杯子早擺好了，比我這個做媳婦的還緊張。

公公一行到來，他高興得上前又摟又抱，兩個老人家互相比瘦、比老、比白頭髮。

兩家人赴餐館參加「爸爸宴」，席間歡聲滿堂，該注意、該打點的，我這個凡事講求小節的爸爸都幫我顧及到了。

我想，他是幫我在公婆面前做人，替我培養良好的互動關係吧！

寂寞，是爸掩藏在樂觀面容後的真實面目。

孩子大了，各有一片天空，能和他聊天的就只剩下媽媽。遊山玩水的好動個性，因為病體不允許，只能困居於睡覺的宅所。

換作我是他，能不能抵得住長久放不下的操煩，放不放得下無盡頭的責任壓身？

搭乘深夜班機回美，爸爸堅持送機。

勸他，送君千里終須一別，大半夜的，還是在家休息，反正明年我還會回來。

但爸不吭聲。久久才嘟囔了一句：「不讓我送！」

天上的繁星與街道的燈光，閃亮在臺北的夏夜穹蒼。

黏熱的風吹拂在臉上，竟覺不捨。

揮手與站在街燈下的爸爸說再見。車直駛，不敢回頭，淚水不許我再回頭。

飛機駛離跑道，航向高空。

臺北的山水與街道，越離越遠，漸漸湮沒在重雲之下。

骯髒的空氣；擁擠的車道；在百貨公司被割破背包；沿街喝不停的珍珠奶茶；進到麵包店，好像撿到大鑽戒；窩在書店，讚嘆臺灣的書越來越精緻好看；傳統市場活躍鮮猛的海鮮……好的、不好的，生氣的、高興的，此刻都成為最美麗的畫面，咀嚼回味無窮。

猛然想起燒餅、油條吃得不夠，該帶幾個飯糰和蔥油餅，還有最愛的釋迦和蓮霧。

幸好行旅中帶有多包爸塞的茶葉，爾後，可在電話裡舉杯，向他說：「爸！來杯茶！」

笑容苦澀、身子孱弱。爸爸的叮嚀聲迴繞在我的周遭，隨我上機、轉機，平安送我回到美國的家。

越過太平洋，有一個獨居兩個月的男人正等在機門外，迎我們回來。

三、丈夫

回家迎門的，是一片等待收拾的庭園。

草坪和群樹，乾枯褐黃。走了一圈，雜草遍目，豈一個亂字了得！

黃色小花高高聳立，粗直的莖幹，彷彿在示威著。

往日哪能讓它們如此囂張，只要綠葉稍冒，拿了尖鑽就往土裡鑽，發誓要把埋在土裡的深根挖掘出來。

美國庭院，最討厭的就是這種不用春風吹，就能將整片草皮吃掉的蒲公英。

庭院內蜘蛛網叢生，地上盡是塵土，一片混亂。

地毯明顯污了一層灰黑。

柴米油鹽醬醋茶，一丁點都沒少。廚房似乎沒動過，依然擺著我離去前的姿勢。

儲藏櫃倒是少了許多乾糧。

連著兩天，忍著時差的不適，我從客廳、浴室走起。

每個房間都有讓我數落的髒與亂。

記得臨行前交代：「床單要洗、地毯要吸，夏天熱，每星期至少要灑一次水。」

要回家了，電話中也指示他：「冰箱要有食物，不要讓我回來還得趕去買菜。」簡單的指令換來簡單的動作。乍聽之下，似乎還挺合理的，這個男人就是少根細膩的神經！我的怒氣在沉謐中隱隱發作。

冰箱裡，只有一盒雞蛋和三加侖牛奶，桌上的土司甚為柔軟，想來也是剛買回來不久。只記得他的兒子們最愛喝牛奶，一買就買三大桶，其他的都不重要。喝牛奶就會飽？又不是神仙！

隔天要上班，櫃子裡的襯衫皺紋累累，沒一件穿得出去。

電腦桌上厚厚一層灰垢，四周到處都是襪子和電腦列印文件。待處理的信件窩在書桌一角，有孩子學校寄來的，有帳單，也有各式各樣的垃圾郵件，大部分都沒拆封。不曉得會被罰多少信用卡遲交費用？

這個男人兩個月來，都在忙什麼「國家大事」？

整理的當兒，我發現了被壓在電腦桌上一堆亂紙下的一張小紙條，三、兩行如蚯蚓般的中文字。

離國十數年，久不書寫，字如草書，形如蚯蚓，這男人的中文字，還真不能看！

「當你們上飛機後，回到家裡，竟不由自主地走到後院，看看爸媽是否在做YARD WORK。

再到廚房，看看你是否在準備晚餐，到地下室看看他們兩個是否在玩任天堂……」

憑詞斷義，想來是我們剛離開家要赴機場，他送機回來後的心情寫照。

公婆來住近兩個月。他終於也能像個兒子般，有人頻頻囑咐，有人殷勤挾菜添飯。有個家，父母、妻兒在等待著。

下班回家的途中，他一定內心充滿溫馨。怎奈，團聚、離別終有時。

公婆來訪時，我沒見過他和他父母有過親暱的舉止、密合的交談，或是意見相左的爭執。總是點頭說好、默聲的情形居多。

他爸媽說對，他不敢說錯。而我則是習慣誰有理，誰就大聲的娘家方式。

當他父母意見與我不同，便拉我到臥房：「拜託你讓一讓。」

看我嘟著嘴，又說：「不管，你一定要讓。」

他的聲線向來低沉，說起這話甚有威嚴，但五官間蘊含著溫柔的神情。

上班後到公司的第一件事，就是打電話回來：「住久了會無聊，你帶他們出去走走。」將掛電話前再補上一句：「別走太遠，他們會累。他們需要睡個午覺。」

他對父母畢恭畢敬，相較於我與我父母之間的有氣就罵、有愛就撒嬌的直來直往，真如天壤之別。

我比他幸運的是，能回臺北陪父母同住二月。他則因為工作關係難走得開，因此也就分外珍惜相處之日。

歲近中年的男人，也有細膩的心，也有不捨的時候，我怎麼現在才發現？

問他：「為什麼我們不在的這兩個月不開伙？冷凍庫裡動都沒動，和我們離開時一模一樣。為什麼不清理家務？前後院長了一堆雜草，草也枯了，是不是都沒給草澆水？信件亂擺，灰塵、蜘蛛網到處都是，臨行前告訴你該整理的，你還是堆了一堆……」

他愣了一會才辯駁。

他大概有點不滿，兩個月不見，老婆居然沒向他傾訴相思，居然拋給他一堆數落。

「做是有做一些，只是做著做著，總覺得一個人在家，空空洞洞的，不像平常，車才開入車庫，兒子就跑出去叫說：『Daddy is home』，有人說話，有人跑跳吵鬧，生起氣來，有對象可以怒罵，晚上肚子餓，有人會煮點心。」

那種獨居安靜的氣氛，讓他一下班煮碗泡麵吃，就想往電腦前鑽、往被窩裡躲。任時間在滑鼠間流逝，越快越好。

清官升堂，公差保駕。說著說著，似乎變成我的不是了。

兩個月不見的家，有多點熟悉、少許陌生。

當我走到後院看到公婆的菜圃時，腦海裡不時浮現他們的面容和身影。

回娘家一趟，卻不得不承認嫁出去的女兒，即使再親再戀，也不能再像未嫁之前那般的黏膩父母。

做兒做女，長大後成家立業，到頭來，縱然還是兒還是女，也只能重重地把以前的家放在心裡，抽絲剝繭的愛、朝朝暮暮的念。

黃昏，紅雀鳥飛馳而越，小松鼠棲枝俯瞰。

獨居兩個月的男人，捲起衣袖，推著除草機行走於草地間。

兩個孩子拿著水柱互相噴水玩耍。

嬉鬧聲響徹天際，後鄰的黑色大狗汪汪狂吠。

廚房內鍋瓢碰撞，自臺攜回的乾貨浸泡水盆，等待下油翻炒。

站在流理臺前面向後院，不時看見他抬頭，有時望向孩子嬉耍之處，有時望向鍋鏟霍霍的廚房，我的方向。

胖了兩個月的圓臉，也在後來的兩個月中回復原貌。

有水滋潤，草皮漸漸恢復原色。

屋內收拾妥當，慢慢像是離開前的模樣。

冰箱被堆得滿滿的，隨時拉開都有飽暖的食物。

孩子跑鬧的身影無時不在，逐次聽到有人大聲吼叫與細聲暱語。

分別是思念的烤爐。

溫火慢烘。培烤至最高點，思念躲在麵糰內，瞬間發酵。

難再相忍，隨著飛機的羽翼，載回思念的種子

日子回到日常的軌跡，歸於平淡。

彷彿一切都沒發生過，又彷彿有些許溼潤漂浮於空中。

分別兩個月，他沒說想，也沒說愛。

炒菜時，他會過來捏一下臉頰、拍一下肩膀，做些夫妻之間親暱的動作。

吃飯時，拿著筷子看著我們母子三人，好似要先確定我們真的回來了，才安心下箸。

入眠的時刻，擁抱兩個兒子在床上翻滾，直到我敞著兩個多月前的嗓門催促他們快睡了，才善罷甘休。

白日悄悄默去。

夜風如水，天地寧靜。

暗夜裡，蟲聲唧唧，皎潔明月掛在蒼茫夜空。

坐在後院，砌壺熱水，撒入爸爸給的茶葉。
葉片緊縮、伸展。在壺水中恣意綻放一片片美麗的葉，漂浮盪漾。
茶水潺涓傾流，色如琥珀。
我舉杯遙向天際，輕聲說：「爸！來杯茶吧！」

夏月流火

那無疑是令人興奮的旅程。風景綺麗，睥睨山林，雲在下，天在上，高空氣流化作最細微的水分子，從分割精密、無以透析的森羅萬象，聚合成明亮如琉璃夢幻的光束，以目不暇給之速，剎那間穿透體內，輾轉於細胞血管和細微組織之間，如煙花綻放。

每年夏日，天際總是晴朗、陰霾參半。三日晴空，萬里無雲，陽光自無計數光年之外的銀河不知名處遙遙趕來，毫無阻隔地穿透地球表層，在五湖七海與陸地大洲上發光發熱。

此時，自地底深處奔冒，鑽破土壤，由纖細而逐漸茁壯，領略過春風輕拂和春雨滋潤的百花，儲存了相當的體力，一嘗不同於春日溫柔的愛撫，領受熾陽的嚴峻。火燙焦灼的感覺必是難忍的，於是，三日霪雨，綿延不絕如扯不斷的龍鬚糖，絲絲衍生、線線相攜，沒日沒夜，在屋頂、窗櫺、草葉花蕊間，唱一首唏嘘嗟嘆的甜蜜曲調。

初遇夏雨薄澆，大地是歡喜的。

熱氣蒸騰，水珠兒縱橫地面，玩一場淋灌的遊戲。喧鬧聲中，溼了土、溼了地面，濺揚的水花各自佔領花瓣和葉面，洗淨塵了多日的容顏，並分頭報信，任肺腑吸吮蘊含著殷勤問候的清涼。

剩餘的一日，如何盤算？

也不需多慮。

那可能是戴著微風細語的假面，窺伺多日的龍捲風，欲來前的短暫寧靜。等待大地萬物漸漸耽於玩樂，即覆以黑雲密佈，遮掩天蓋，阻斷天外救兵。驚恐、慌張、猜忌與狡詐，藏匿其兩腋。捲起千堆迷霧，踩著猝不及防的步伐，以書寫行草的漩渦姿態，狂肆平原。冰雹橫屍遍野，在凹凸不平的地球表面，留下凌亂的殘屋斷枝。

時陽時雨時暴的氣候，彷彿在一牆可流動的水幕上，演繹著一齣齣重覆的纏綿劇。苟延殘喘，總要在前後院釀造成災，方才罷休。

停在屋外的車子，蒙冰雹垂降，打得頂端千瘡百孔，如芝麻遍灑。秋天紅若猩火的楓樹，大枝、小枝散落一地。水淹草地，不及排放的水勢，滲透土壤，匯流成河，地下室的牆壁隱隱出水。兩牆交壁之處，形成特別深刻的灰色澤。拿起鏟子，和著水泥與漿水，試圖掩滅平滑中之醜陋。層層反覆，卻是欲蓋彌彰。原本一襲平整，硬是補釘處處。內牆深處裡隱約傳來沉重的嘆息聲，徒呼負負。

是在屋外隆隆，風吼雨嘯之時，就著昏黃的鹵素小燈，我們促膝於電視機前，觀賞自圖書館借來的「羽翼遷徙」影碟。

大雁分自南、北半球啟程，飛返冬日與夏日的棲息地。南方的雁，頂著酷暑，攀越高空。長途旅程，終站是北極！於是，我們見到在墨西哥暫憩的雁群，腳爪行步於乾裂紅土，尋覓可食之物。無水無蟲。突然一溪淡褐色水流蜿蜒至爪底。雁嘴咄咄，溯流而上。水泥車道邊一輛廢棄的破車，水箱破裂，流出汩汩的水。大雁頭兒順理成章地往返於「水源地」爭飲。數酌過後，轟隆的聲響自遠而近，原來是輛鐵甲武士般的卡車經過。大雁領軍者見狀，一聲吆喝，次第排在人類滾燙的行道上，雁嘴朝上，加速，直飛雲霄，繼續行旅。

那年夏天，我們頭戴遮陽帽，僕僕於城市巷道、周旋於錯綜複雜的門牌號碼之間。天真的我們，以為一個門號代表一個家，不曾預知，一個門號會是十餘戶人家的存在證明。自背包取出前日徹夜摺好的廣告紙，一一塞入一長列印刷著同樣號碼的信箱內。一個信箱一張紙，一張紙可賺五毛錢的利潤。

夏火如舌，球鞋前端開洞，鞋底裂縫，汗水浸溼白襪，腳底的水泡成繭。月逾半，汗水錢三萬餘。映著黑裡透紅發亮的膚色，我們揣著多出的旅費，飛越江湖。

我不再年輕，你的鬢髮也已斑駁。繾綣於當年烈日下的兩行長影，許多驚嘆號層巒起伏。越是不堪追懷，越是惜如珍寶。而今，我們也安住於一個門號之下，書寫翻山越嶺以來的存在。

白煙裊裊，大雁蹲坐雪地，閉目養神，頭兒縮入頸椎，身兒蜷縮，白色羽翼轉眼就與漫天白雪共一色。難分辨誰是雁，誰是雪。直到山脈霹靂乍響，雁群趕忙將頭兒伸出，引頸傾聽。剎那間，雁群疾疾動翅起飛。振翅聒叫，不阻山崩雪塌。前行有路，漂泊的路尚未到盡頭，雪溼雙翼，振翅難飛也須飛。

我與你飲著咖啡，以雨聲為主題曲、風聲為間奏，觀想一幕幕最佳編劇和導演的傑作。拾起抽屜裡的彩色鉛筆，攤平畫紙，以粗黑線條，於紙端畫一座燈塔，胖圓塔身、纖細頸脖，細直頂線，說是避雷針。海浪波波相連，欺逐塔底。再險的風浪，只要光束不滅，必得尋到港灣入口。

大雁行在雲海，逆風而飛。氣流強大，重雪遮天，幾度力挽狂瀾，不進反退。前路難行，只好靜佇不動，不退則進。我的眼眸游移於螢幕內與螢幕外的記憶海裡，小黑鞋的一對主人，走在長大的半路上。

龍捲風呼嘯而過，屋外電光火石，驟雨奔降。

手握著手，我們的記憶一同走入那年盛夏，永無止境的路在眼前開展，世界無盡頭？寬大如湖的快速道路，一程有一程過路費。緊跟不捨的車魅，才踏上旅程，就想著歸期。耗費十餘日穿梭高樓大廈，行走於紅男綠女的風雲景色。我們的心不為時尚與繁華所動，攜手回到了長年一式不變的生活舊觀。

大雁返回棲息地，溫存過後熟悉的土地，羽翼再啟，重返彼端的原點。鼓鼓拍翅，長途之旅，重覆的行程，卻是不同的心懷。問何處是原鄉故地，恐怕雁也迷茫。

夏月流火，暴雨驟歇，是啟程的時候。

機票穿著一件外套躺在桌上。

盤點將去將回的行旅，無論溫柔或愛戀，都無法鎖住想流浪的心。為了追蹤似曾相識的漂泊情懷，我收攏羽翼，假裝自己是大雁。明日，我將繼續數落一長串的門號，繼續漂泊，繼續流浪。那無疑將是令人興奮的旅程。

明知你將在登機門，望眼欲穿地接我回來，我也有如Cinderella，穿起玻璃鞋，乘坐南瓜飛輪，趕一場每年此時必赴的約會。

據說，時間的長度並不與空間的寬度成正比。靠近海平面時，走得快，靠近高山，則走得慢。時間不等長於空間。我因而臆想，此番越過高山與大海，時間加速又減緩。回返此地時，我必以一張舊時容顏與你相逢。

等我歸來。

摩門宣教士與豔陽下一農婦的相晤

熱陽高照，空氣間瀰漫著久久不去的溼氣。震天響的雷聲，硬是擠不出一滴雨。好幾天沒下雨了，持續的高溫，連十餘株百合花苞都耐不住熱，垂落在乾黃土地上。老天爺！給我雨吧！

一日熱過一日。偶爾風吹過，卻夾帶了更熱的氣流。日日流連於前後院，決定不再等待雨後天涼。捲起衣袖，拔野草、剪舊枝，除去蔓延的葛藤。一顆顆如珍珠般斗大的汗珠，不經過臉龐其他處，直直落在衣上、落在地上。剎那間，突然深深領會到什麼叫做「鋤禾日當午，汗滴禾下土」。熱呀！

小圓鍬順著花長的方向，挖出一條長長的土溝，再依序埋進從園藝店裡買來的造型磚塊。埋進一塊磚，敲一敲，再埋進一塊磚。心裡想著，當這一排流線形磚塊籬完成後，花圃與草皮就是楚河漢界，兩不相犯，他日就不用為越過界的草輩，侵損了花的園地而煩惱。想到以後草歸草、花歸花，各自擁有一片美麗的空間，不禁高興得工作更勤。

專心地翻土埋磚，忘了時間的流逝與往來人車倥傯。想像宇宙穹蒼就只有當下一個農婦！因此當一瞥到眼前不知何時出現的兩雙亮晃晃的黑皮鞋時，我愣了一下，「那是什麼！大熱天哪來的黑皮鞋？」也就在那一瞬間，心神回到現實。抬頭向上看，哦，原來是兩個穿著雪白筆挺的襯衫、黑長褲，頭髮梳得整齊，臉龐流露正氣，一胖一瘦的年輕人。

經驗告訴我，是摩門教徒來傳教了。

瘦男說：「可以打擾一下，幫忙做個問卷嗎？」

「問卷？什麼樣的問卷？」我邊問邊懊惱著。太陽赤炎炎的，這一抬頭，頭上戴的斗笠無法遮住全臉，這下陽光曬到臉上，臉上一定又曬出好幾坨斑點！

「就十個問題，不會擔誤你太多時間。」

聽他一說，也好，不是說「隨順眾生」嘛！何況那也只是他們即將成為宣教士的功課之一。

「好吧，你問吧！」我站起身來，迎向他的問卷。

「你覺得毒品問題很嚴重嗎？你相信教會可以減緩使用毒品的嚴重性嗎？你讀聖經嗎？」

當聽到我連續三個ＹＥＳ後，瘦男的臉上露出了欣喜的光芒，問出他第四個問題：「你相信上帝可以解救人類嗎？」

雖是個問號，他的神情宛如已經聽到他想聽到的答案。

我揚揚斗笠，沒有正面回答他的問題，看了他大約兩秒之後，才輕輕笑說：「我是佛教徒。」

他對我的回答有點意外，再問：「那你是不相信上帝可以解救人類囉？」

我又頓了一下，心裡泛著笑意，看著他，一字字慢慢的說：「我們相信人人都是佛。」

瘦男沒有受挫於我的答非所問，反而鍥而不捨地追問：「你現在快樂嗎？」

「你現在快樂嗎？」這問題就好像在問「你現在幸福嗎？」一樣充滿了陷阱和挑戰性。

我突然有種「高手過招」的興味，又有種在打禪機的況味，忘了要整理庭園。

「快樂呀！我很快樂呀！」真的很快樂！我都聞到我聲音裡溢出的甜味！

「是因為做園藝，所以快樂嗎？」他的語氣裡有種不以為然的口吻。

「不盡然，在太陽底下做園藝確實很辛苦，但是我很享受流汗的快樂！」

瘦男很有耐性，再問：「你曾經困惑過你從哪裡來，這一生過後往哪裡去嗎？」

「有啊！」我的心裡暗揣，年輕人，你問到佛教信仰的核心了！

「你找到答案了嗎？」

瘦男的眼眸閃過一絲慧黠之光，他大約想聽到類似天堂的制式答案。

我望向他的臉，眉清目秀，乾淨明朗，真是一張好看的臉！我微笑著，靜默地一直笑著。

時間彷若凝止在他的瞳眸與我的瞳眸之間。

他像是突然間明白我的笑意，緩緩的說：「你在你的信仰裡找到了答案！」

ＹＥＳ！我擲地有聲的回答，換來他友善的笑容。他終於明白，這世界上有不同於他的信仰，可以給人類一個何去何從的圓實答案。

「所以你快樂！」

他放輕鬆了。他放下宣教的職務與責任，以一種簡單的人與人之間的對答和看待，來面對我這個來自臺灣、做著美國園藝的東方女子。

「你相信輪迴？」

不知道這是不是問卷裡的問題之一，他的語氣已沒有先前的執著。代之而起的是想一探究竟的善意。

他沒有失望，因為我又給了他一個重重的「ＹＥＳ」！

我說，小學時我是去過教堂的，家的對面正好是一間教會，常常去唱唱歌，排排坐，吃果果；國中時跟同學去教會，同學跟牧師學唱歌，我去學英文；高中時搭公車去校園團契；來了美國，連續三年去教會，為的是加強英語會話。有目的的接觸，無法敲開心靈的窗；沒有圓滿的人生解答，無法走入教會信仰的殿堂。一切都來得自然，去得自在，絲毫未有勉強與留難。心既未安，就無法安住。

「你既然讀聖經，你認為聖經是什麼？歷史的記敘嗎？」

我搖搖頭，說：「我只讀新約。」

「不讀舊約！」站在一邊很久不發一語的胖男替我說了下一句。

我點點頭，回答瘦男的問話：「文學，聖經是一本很好的文學作品。」

說是十個問題，瘦男卻引申出好幾個問題。有的我抿唇不語，有的以笑帶過，有的以虛或實回答。

日曬西斜，我感覺到臉上泛熱，赤熱的陽光想來已曬紅我的臉。天啊！我的斑呀！

瘦瘦男和胖胖男很有禮貌的向我點頭致意。我大方地伸出手，和他們一握手：「Nice to meet you! That's what you said "Giving is greater than Receiving".」聽到我口出聖經一句「施比受有福」，兩人終於敞開笑容！

兩個年輕人道了謝謝，繼續尋找他們下一個宣教的對象。而我呢，扶整斗笠，繼續埋頭於未完的工作，一磚過一磚，整土、澆水。工作完畢，站起身來時，才發現整身竟是泥與土與水，而汗珠更是糊了鏡片。

奇異的是，有說不出的好心情。

也許就如那年輕人說的吧！「所以你快樂！」
是的，我快樂！我很快樂！
我舒展雙臂，迎向高空，燦爛的笑著！

心上之秋

秋到了，鳥鳴皆歇。花，是早謝了，花梗黏在泥土表層，鐵褐的顏色與我杯中的遙相呼應。雨，則是重重地，綿延不絕，藕斷絲連地在屋簷、牆角傾注而下。地面早溼，深重的色澤彷彿在訴說著前夜的遭遇。

眼簾外的世界，蒙上一層層彷若相似的面容。去年此時的秋，我在何處，做著何事？十二個月前的今日，是否也坐在同樣的位子，回想著十二個月前的舊事？易經有言，易有太極，是生兩儀，兩儀生四象，四象生八卦。老子也說，道生一，一生二，二生三，三生萬物。世界上有靈的生物，以等比級數的速度攀升。人的年齡與心境，大自然的生頹與活滅，在以地心為主軸的圓融地球，也以近似的體能，萬生萬滅。

於是，十二個月前的事，迅即有著電流衝擊的撼動。斯逝者，是生命精髓的累積。斯逝者，已逝矣！時間倏忽，當意識到花紅葉落，天氣轉涼時，卻已是過去了。現在與過去相隔僅止眨眼念動的瞬間。時間，是穿了有翅的飛鞋，還是坐上神奇的飛毯，腳程迅快得令人詫異！

前些日子，去看朋友和她新生的寶寶。

寶寶窩在她胸前，吸吮著溫熱的乳漿。紅通通的臉龐、細弱的腳趾，真像玩具店裡的娃娃玩具。喝過一邊，又換過另一邊，鼓鼓的臉頰透露著生命持續的律動。朋友在有了大女兒七年後再為人母，擁孩入懷的她，滿臉泛躍著新生命的喜悅。

我將吃飽的寶寶接過抱著。她睡得安詳，不時伸展四肢，嘴巴張得大大的打鼾，那模樣不禁讓人讚嘆，生命是如此神奇。由於父母的交合，卵子與精子相遇、著床，再經過兩百八十天在子宮內撫育，一個生命體才圓融，成熟而得以與世界說聲：「嗨，久違了！」

歲月移轉，人長大了，遠離了舊時模樣。歲月添加在外表的是日益老頹的身軀、在體腑內的是功能日益衰弱的器官。斂眉低思，經過那長長歲月的流逝，沉澱在心湖底，能永誌不忘的又是什麼呢？

人，約略像結網的蜘蛛，耐心地旋繞著主網編織支網，當一張網結好後，立在網的中央，等待餐食。蜘蛛肥了，人長大了。一條回家必經的路、一句溫暖的叮嚀話語、一個了解體諒的表情，就像冒闖網中的蟲兒，都成為構築生命成長的要件、記憶的組織體。以蜘蛛喻人，似乎不雅，仔細思量，人不也以某種的形式在生、在逝去，世界不也以某種未知的形式在生、在逝去？

人類自詡為「萬物之靈」，人類又豈像這四字的表相那般完美？動物眼中的人類與人類眼中的動物，又是否等同相稱？

昨日外出，車內播放著巴哈的長調音樂，轉入一條通往州立公園的窄路，路旁有蕃茄園、跑馬場，道路起伏蜿蜒，綠野平沃，景色怡人。剎那間，有一個影子衝了出來，鑽入前車的輪子間。經驗告訴我，糟了！是哪隻莽撞的松鼠！前車右後輪也真的以拋物線的弧度，將一隻小松鼠甩至路旁。我摀著嘴，眼睜睜地看著牠躺在路旁草間，四肢顫抖、抽動，面仰向天，在做垂死前的掙扎。依牠的體型，應該算是松鼠輩中的青少年吧！明知路上車急，為什麼還要做危險的嘗試呢？

前車恍然不覺壓倒了一個生命，依然保持原來的車速前進。一長排的車子也跟隨在我的車後。目的地在遠方等著我，我卻無意間見證了一個生命的彈指寂滅。小松鼠顫顫巍巍的肢體，一直陪著我的心情與悠揚的樂音前行。窗內、窗外兩個世界。臨別世界前，這隻莽撞的小松鼠，是該嘲謔這世上禍福難定，還是懊悔自己算計錯誤？

春耕夏耘，秋收冬藏，農人四季各有所忙，秋天應該是個豐收的季節，現在的我卻有些悶悶的情緒，我知道，是為了昨日之故。

右鄰的肥灰貓爬上木籬，悠悠望了我一眼，姿態優雅地躍至草間，輕靈得聽不到一丁點落地的聲音。牠敏捷地往後院奔去。頸項間的銅鈴隨著牠的腳步，輕脆地響著。快到與後屋交界處，一陣陣狗吠石破天驚地狂奏。另一鄰人家的狗，虎視眈眈地隨著貓咪的腳步在木籬另一邊走動。一直等到貓離開了木籬，跳上屬於牠家的木籬，狗兒才停止了張口的動作、吠叫的聲音和戒慎的腳步。這世界不僅是人類，連動物也不許地盤被侵犯。

將一木匙茶葉放至小壺裡，注水，然後等待。水分沿著葉的莖脈，循序傳遞至葉面，茶葉便如久睡方甦，一點一點清醒。壺裡的顏色也隨葉之伸展，逐漸轉褐。

將茶倒入杯中，一脈琥珀流瀑以傾斜之姿，圓滿盈杯。十指合扣茶杯，貼在臉頰，茶香和著水的溫度，隨著空氣流動浸入肌膚內層。臉，熱起來了。加諸日漸明朗的陽光，整個人頓時舒暢。

喜歡喝茶，喜歡看著茶葉因為水的浸潤，舒展安適的模樣，喜歡嗅聞溫醞中散漫而出的清香。可以從早喝到晚也喝不厭，可以在飲酌的同時，想心事、念故舊，可以濃、可以淡的流貫自體與他人的心思。更奇妙的是，可以腦中一片空靈的鎮坐，拋諸事，不思不想。

水滋潤了茶葉，茶葉豐富了水。一個具相，一個不具相。蜷掌握住，茶葉安謐地留在掌中，水則延遞流落。兩者相遇，完滿了一個美麗的歷程，留下甘甜的餘味。

在一個初秋的清麗早晨，我持著染有茶垢的杯子、黏有貝果屑的碟子和一壺揉爛的茶葉渣，從室外走入室內。背後，秋風颯颯，偶爾傳來幾聲狗吠。穿上外衣，開啟車庫門，我坐在車內，起動引擎，開始了一日的行程。

昨日已逝，繼續的仍需繼續，就像茶味漸泡漸濃，然後漸泡漸失一樣。泡盡後，丟捨舊葉，再換新葉。重新另一壺美麗的循環，反思生死交替的無常。

叩敲秋天的門

一個無雨無晴的日子，天空灰撲撲的，路上亂石堆道，拒馬擋在十字路口，大型起重機橫列街的四圍。這條貫穿社區入口的路，自從工務局動工第一天起到現在，將近一個月有餘。從左線道挖到右線道。挖一條，修一條。修好一條，又再挖另外一條。挖挖修修之間，灰石與塵土就這樣肆無忌憚地瀰漫在呼吸心寸之間，分不出究竟是天空不夠藍，還是灰土塵揚，染了天空的顏色。

對臺灣的修路印象，是鋪上一層層瀝青，層層相疊，路面越來越厚、越來越高。車壓人行，時日稍久，路面凹入點點小缺口，缺口日益擴大，成了下雨時盛水的窪洞。開車經過，常常不察，輪胎陷入，而後急駛，濺起一行飛瀑，打溼路人的衣裳。這是屢見不鮮的畫面，在別人也在自己的身上反覆出現。習慣成了自然後，也不覺得路有翻修的必要。反正，遲早也是會壞的。

美國工人大清早天初亮時就開了公務車轟轟而來。先用電動尖鑽直搗路面，從一個小點圓心開始，路面迸出一條條彎曲的裂紋。起重機緩緩降下重鎚敲打，路上就開了一個大窟窿。如法炮製，一條看似平坦的路，四分五裂，然後被挖起重重的混凝土，霎時間，一長條深色的路便躺在面前。相較於隔鄰尚未挖掘的路面，深入地面好幾許。一深一淺，一高一低。原本，它們是密合相連的。

車道被阻，必須改變既定的路徑。長長的車龍一列相隨，趕時間的人也得按捺住性子等待。車子開到半途，正好遇到對面也有車駛來。其中一部必須暫時轉入他人住家的車庫道前，不然就得後退讓出路來，一條路才能通行。

坐在駕駛盤前等待。前車車輪的塵煙揚起，掀翻沉落在路面的碎石粒，意謂著車子可以前進了，放開煞車板，加油，車隊像是一行守秩序的遊魂亦步亦趨地前進著。

沿途一戶人家正在翻整屋頂，木頭的材質轉換為防水防爛的塑膠片。長條狀的黑色膠板橫躺在草地上。工人們坐在屋簷上，眼睛望著門前的車隊議論紛紛。近午時分，休憩的閒暇正好得空注視一番周遭的離變。層疊的屋板停在屋頂的中央點，兩種不同的色澤正在做交替的臨別一瞥。從前這家的屋頂是什麼顏色？茫然間，竟然也記不得自家的屋頂是何顏色。

何曾抬頭仰望高高在上的屋頂顏色？平視的角度只有門窗映入眼簾。其他的，皆在無視的狀態中。就像花發芽了，才注意到春天來了。額眉熱汗如流，夏天來了。葉落了，秋天來了。厚衣穿上身，冬天近了。住在四季分明的處所，大自然自動發出季節更替的訊息。除此之外，有誰搬出社區外，卻事不關己。門窗深鎖，美式住宅的封掩，是藏匿隱私，也是創造孤獨的最佳設計。我常掀起窗簾，站在玻璃窗內，注視經過的車影人跡。近來，花栗鼠的蹤跡少了、鳥的鳴聲稀了。望著滿樹的綠，狐疑它轉黃、變紅的時辰何時才到來。不知從何開始，全部應有的聲影消頓於無形。如果不是修路的這陣煙塵，這條路的景色可以說是佇留在靜止與默然中，像是在儲蓄精力，以備未來之需。

而未來又在哪裡呢？往前回顧。往事似真如幻，走在記憶的皺摺裡，處處有完成與待續的遺痕。走過從前到了現在，完成了多少，又有多少遺憾？未來，從小到大，作文本上寫不盡的就是對未來的憧憬。而當未來好整以暇地出現面前，一顆心卻又惶惶然的在過去、現在與未來間徘徊不定。理想藏在現實裡，還是現實託付於理想中，滿腦的疑問過後，總是要束縛心靈，鉗定思緒，才能在腳踏之地仔細的思量。

卡夫卡在「城徽」這個寓言故事裡，寫著人類籌備建造一座能通天頂的高塔。

第一代人兢兢業業，戮力以就，集結所有人的智慧，將建塔塑造為最高的意念。至於其他，都是等而次之。紛爭日起，每個人都想佔有最好的地段，工人們也需要休憩的場所，第一代離塔建立的希望甚遠，只好冀望下一代，下一代智慧、知識和能力俱足，一定能完成第一代未竟的事業。然則，技巧進步了，連爭鬥的能力也與日俱增。

與此同時，第二代已看清建築一座通往天頂的高塔，是一個無意義的行為，但是日積月累的傳說人云亦云，建塔已成為牢不可固的存在條件。為了美化一個人人可見的謊言，只好傳佈種種博人信服的傳奇。據說，高塔通天有一個徵象，到時整座城會遭受撞擊而毀於灰燼。因此，這座城的城徽，便是一隻緊緊握住的拳頭。

「寓言」，寓之於言，在說一個見人所未見，或是見人不願明說的現象。苦心建設的終結，是渴望毀滅。兩種極端都賦予這座城邑的人類無上的生活原動力。生於一八八三年，距今一百餘年前的卡夫卡，以一座城的築塔宿命，提醒人類荒謬的行為。一百餘年後，破壞與建設，依然左右著人類的食衣住行育樂。「寓言」之為「寓言」，大抵也止於不可說的玄機之中。

橘紅色塑膠桶佔據大部分街道的面積。每日提早出門，耐著性子出入，來回一趟，車身惹了滿身灰髒。本該打開車窗，讓漸涼的空氣順風吹入，卻為了翻修月餘揚起的沙塵，重重的關起車窗，讓人工的冷氣循環車內。整條路綿延兩英哩。封閉一段，修整一段，開放一段，再封閉、整修、開放。整修前的坑洞補好了，到了明年此時，不知是否又該換另一段的修補？如此繁衍，輪迴之說亦不僅止於生命的遞進，人間萬物都與輪迴之說沾上點邊了。

對面的金玖三年連生三個寶寶，門口掛上了一個藍色氣球，這胎仍是男的。韓菲千里迢迢從烏克蘭抱回一個女嬰，說起抱養的經過依然興奮。言宜大女兒七歲時，同月同日生了二女兒。千瑋也在同日有了老二。這一月來，新生的消息特別多。增添新生命的喜悅，湧現在為人父母的臉龐上。日子中有了新加入者，便多了一份變化。回頭看望初次為人母時之景象，不知還有多少人記得孕期的盼望與初抱孩兒在懷的悸動。日子輾轉，過去了就過去了。猶如修好了的路，平滑光整之下，有誰記得何處有凹洞？

一戶人家的樹上長滿了橘紅色的小果。大叢大叢的橘掩蓋了綠色的葉的面積。車子正好停在這家的門口，等候對面的車子經過後再前行。紅果樹旁的楓，已經有變黃的跡象。淡淡的黃，過些時日，就是滿樹紅，然後掉落。

葉生葉落，秋，在灰塵滿天的途中，輕輕地扣敲四季之門，走了進來。明天仍然走在未來的路上。這條待補的路，也在走向完工的途中。

後記

一個小男孩曾經問我：「當你在我這個年紀時，有沒有夢想？」我頓了一下，心裡自問，有嗎？我曾經有夢嗎？

小時候看見鄰家姊姊穿了件漂亮衣裳，心裡好想也有一件。同學帶了新玩意兒到學校，巴不得手上也有一個。家庭環境不寬裕，如願的機會不多。我只能在夜深人靜時，閉著眼睛，合掌向窗外天上的星星祈求。長大後，是課業與聯考壓力的世界，每天的希望變成考上理想高中和大學。而後，家庭環境寬裕了，上了大學，心裡卻沒有暢快的感覺，反而覺得如釋重負。

踏入工作與社會大環境，離開了家，建組屬於自己的家庭後，那些存放的夢才又隱隱約約從內心深處湧冒。仔細揣量，那些夢想的面孔，早在好久以前就來探訪了，只緣於現實，而將它們全藏在不可能的樊籠裡。

曾經夢想當個情報員，全身緊束，上山下海建立奇功。做個女超人，解救被欺負的老弱婦孺。背著吉他，像吉普賽人四處去流浪。發明「生命轉換器」，遨遊時間與空間，穿梭於銀河之中。夢想不多，但都沒實現。因為不曾用心，也不曾真正付諸於行，只偶爾在生活壓力與煩憂縫隙裡抽出來冥想，自得其樂一番。

倒是從來不曾夢想當作家，而今不僅出了幾本書，更以寫字為樂。文字成為最親密的朋友。憂也好，樂也罷，皆能與這個親密的朋友煮茶共茗，把酒言笑。

居美二十年，遠離了親人故舊。距離的遙遠成為灌溉的沃土，在這顆流浪的心中造了一座文字花園。於是執筆而寫，寫出了這本集子裡的文稿。收在這集子裡的文字有對家人的感念、行旅中悸動的心情、閱讀引發的懷思，以及與大自然和生物間互動的悲憫。皆曾發表於《中華日報》、《中央日報》、《人間福報》、《北美世界日報》及《聖路易新聞》等報副刊。

回首來時路，可能與不可能之間並非絕對的問號與句點。從初出校門青澀的女孩，成為今日兩個孩子的母親，角色變化中，讓我更貼近父親與母親養育孩子的心，也讓我更珍惜擁有的一切。

許多夜明星稀的夜晚仰望穹蒼，天心微光中，我看到自己徜徉於一片桃花林，折過一叢是一個記憶，翻過一束是一個面孔，夢想與希望以另一種姿態，在街的轉角處與我不期而遇。

以文字記憶一段光陰，也到了將它放下的時候。一顆放空的心播了種，時時添加肥料，犁土耕耘，期待枝肥葉嫩後，再開出一株株綠油油的翠樹。

謹以此書，獻給我親愛的父親與母親。

國家圖書館出版品預行編目

天心微光 / 李笠著. -- 一版. -- 臺北市：秀
威資訊科技, 2009. 08
面；　公分. --（語言文學類；PG0218）
BOD版
參考書目：面
ISBN 978-986-221-124-3（平裝）

855　　　　97022560

語言文學類　PG0218

天心微光

作　　　者 / 李　笠
發　行　人 / 宋政坤
執 行 編 輯 / 詹靚秋
圖 文 排 版 / 鄭維心
封 面 設 計 / 陳佩蓉
數 位 轉 譯 / 徐真玉　沈裕閔
圖 書 銷 售 / 林怡君
法 律 顧 問 / 毛國樑　律師
出 版 印 製 / 秀威資訊科技股份有限公司
台北市內湖區瑞光路583巷25號1樓
電話：02-2657-9211　傳真：02-2657-9106
E-mail：service@showwe.com.tw
經　銷　商 / 紅螞蟻圖書有限公司
台北市內湖區舊宗路二段121巷28、32號4樓
電話：02-2795-3656　傳真：02-2795-4100
http://www.e-redant.com

2009 年 8 月　BOD 一版
定價：300 元

讀 者 回 函 卡

感謝您購買本書，為提升服務品質，煩請填寫以下問卷，收到您的寶貴意見後，我們會仔細收藏記錄並回贈紀念品，謝謝！

1.您購買的書名：________________________

2.您從何得知本書的消息？

□網路書店 □部落格 □資料庫搜尋 □書訊 □電子報 □書店

□平面媒體 □ 朋友推薦 □網站推薦 □其他__________

3.您對本書的評價：(請填代號 1.非常滿意 2.滿意 3.尚可 4.再改進)

封面設計____ 版面編排____ 內容____ 文/譯筆____ 價格____

4.讀完書後您覺得：

□很有收獲 □有收獲 □收獲不多 □沒收獲

5.您會推薦本書給朋友嗎？

□會 □不會，為什麼？________________________________

6.其他寶貴的意見：________________________________

____

____

____

讀者基本資料

姓名：__________________ 年齡：_____ 性別：□女 □男

聯絡電話：______________ E-mail：__________________

地址：____

學歷：□高中(含)以下 □高中 □專科學校 □大學

□研究所(含)以上 □其他______________

職業：□製造業 □金融業 □資訊業 □軍警 □傳播業 □自由業

□服務業 □公務員 □教職 □學生 □其他__________

請貼
郵票

To：114

台北市內湖區瑞光路583巷25號1樓

秀威資訊科技股份有限公司　　收

寄件人姓名：

寄件人地址：□□□

(請沿線對摺寄回,謝謝!)

秀威與BOD

BOD（Books On Demand）是數位出版的大趨勢，秀威資訊率先運用POD數位印刷設備來生產書籍，並提供作者全程數位出版服務，致使書籍產銷零庫存，知識傳承不絕版，目前已開闢以下書系：

一、BOD 學術著作—專業論述的閱讀延伸
二、BOD 個人著作—分享生命的心路歷程
三、BOD 旅遊著作—個人深度旅遊文學創作
四、BOD 大陸學者—大陸專業學者學術出版
五、POD 獨家經銷—數位產製的代發行書籍

BOD秀威網路書店：www.showwe.com.tw
政府出版品網路書店：www.govbooks.com.tw

永不絕版的故事・自己寫・永不休止的音符・自己唱